# 人生不相见

何夕　陈楸帆　著

主　编　董仁威　副主编　阿　贤

全球华语科幻星云奖金奖作品集

浙江教育出版社·杭州

图书在版编目（CIP）数据

人生不相见 / 何夕，陈楸帆著. -- 杭州 : 浙江教育出版社，2023.5（2024.4 重印）
（全球华语科幻星云奖金奖作品集 / 董仁威主编）
ISBN 978-7-5722-5358-4

Ⅰ. ①人… Ⅱ. ①何… ②陈… Ⅲ. ①幻想小说－小说集－中国－当代 Ⅳ. ①I247.7

中国国家版本馆CIP数据核字(2023)第064578号

全球华语科幻星云奖金奖作品集
人生不相见
QUANQIU HUAYU KEHUAN XINGYUNJIANG JINJIANG ZUOPINJI
RENSHENG BU XIANGJIAN

董仁威　主　编　阿　贤　副主编
何　夕　陈楸帆　著

丛书策划：吴颖华
责任编辑：吴颖华　文字编辑：周涵静
责任校对：余晓克　责任印务：陈　沁
封面设计：观止堂_未氓　美术编辑：韩　波
出版发行：浙江教育出版社
（杭州市天目山路 40 号　电话：0571-85170300-80928）
图文制作：杭州林智广告有限公司
印刷装订：浙江新华印刷技术有限公司
开　本：880 mm × 1230 mm　1/32　印　张：4.875
插　页：4　字　数：110 000
版　次：2023 年 5 月第 1 版　印　次：2024 年 4 月第 2 次印刷
标准书号：ISBN 978-7-5722-5358-4
定　价：32.00 元

# 丛书序

全球华语科幻星云奖，是由中国著名科幻活动家董仁威先生、科幻出版人姚海军先生和科幻学者吴岩教授三位联合创始人，以及以程婧波、董晶、杨枫、韩松、刘慈欣、王晋康、何夕、陈楸帆、北星、李庆雯、付胜、杨波等主要发起人为首的广大华语科幻爱好志愿者于 2010 年共同创立的公益性奖项。

该奖项自创立以来，立志重塑科幻格局，在全球范围内发掘、评选和奖励优秀的华语科幻作品、作者、翻译者、评论者、从业者和出版者等。对华语科幻作品进行年度检阅，凸显华语科幻文学发展成果，推动华语科幻文化产业振兴，激发华语科幻人才创新活力，引领华语科幻世纪全面到来。

作为具有国际影响力的专业奖项、华语世界科幻文学作品的荣誉奖项、中国科幻共同体公认的权威奖项，截至 2022 年，全球华语科幻星云奖共举办了十三届，历届小说类金奖获得者有王晋康、刘慈欣、陈楸帆、宝树、江波、韩松、程婧波、何夕、阿缺、张冉、顾适、灰狐、梁清散等。他们的作品均对华语科幻在中国乃至世界的发展地位产生了重大影响。

这套金奖作品集汇聚了第一至十届（2010—2019）全球华语科幻星云奖的中短篇小说类金奖作品，是21世纪第二个十年里代表华语科幻最高水平的标志性作品集。编成4册，共13部作品。

我们把这些千里挑一、经得起时间考验的精品文章，汇成作品集出版，是为了树立东方科幻文学的标杆，促进东方科幻文学的发展。

第一册《人生不相见》收录了何夕的《人生不相见》和《浮生》，陈楸帆的《巴鳞》和《开光》。

何夕是中国科幻新生代“四大天王”之一，他的作品奇崛清丽，如神龙夭矫。他善于把艰深的物理理论糅合到情节中，更善于在科幻的框架内构建荡气回肠的感人故事，弹拨读者心弦。

《人生不相见》是一篇传统科幻小说。中规中矩的故事、中规中矩的人物，原本设定的结局是“大毁灭”，但最终的开放性结局给开拓异星的“先行者”留下一丝希望。

《浮生》则借助实验性的风格，放弃传统叙事结构，充分展现了科幻在哲学思考上的深度与力度，让我们得以领略想象力的虚无与恢宏之美。

陈楸帆是中国科幻更新代旗手之一，被视为“中国的威廉·吉布森[①]”，他的作品以科幻现实主义和新浪潮风格而著称。陈楸帆主张“科幻现实主义的要旨是以当代已拥有的科技为基础，以解决人们当前和未来将面对的需求为目的，而提出来的解决方案或者叫点子、主意”。

《巴鳞》《开光》等作品有着冷峻克制的笔调，对科学知识、文学修辞、想象力的调用舒展自如，在探索融合世俗素材和抽象主题的路径上寻找平衡点，颇有见微知著、以小见大之感。

第二册《北京折叠》收录了雨果奖最佳中短篇小说奖及全球华语科幻星云奖最佳科幻短篇小说银奖得主郝景芳的《北京折叠》，中国科幻更新代代表作家程婧波的《开膛手在风之皮尔城》，梁清散的《济南的风筝》和宝树的《成都往事》。

《北京折叠》设定了三个互相折叠的世界，隐喻上流、中产和底层三个阶层。整个城市尺度的空间和时间双重折叠，意象恢宏，映射了人们面对未来的一种状态，即面对机械化、自动化等技术进步，以及社会衰退背景下经济停滞、赋闲在家等的双重影响时，人们对于阶层割裂趋势的深切焦虑。

新华社记者韩松这样评价郝景芳：“她是中国科幻作家中文笔最细腻、风格最隽永、情感最入微的作家之一。”

《开膛手在风之皮尔城》是文学性和可读性俱佳的作品，引

① 威廉·吉布森，是科幻文学的创派宗师与代表人物，被称为“赛博朋克运动之父”，其代表作品为《神经漫游者》。

人入胜的故事、灵动优美的语言，充分展现了科幻文学的魅力。

《济南的风筝》构思独特，情节设计精巧，文中抽丝剥茧的推理，带着我们透过时间的迷雾，跟随主人公进行了一次故纸堆中的奇妙探险。

《成都往事》的叙事语言让人欣喜，不仅延续了科幻小说一贯的风格，还在传统文化与未来先锋的融合上进行了新的尝试。

程婧波、梁清散、宝树都是中国科幻更新代代表作家，他们的作品风格奇特、充满创意，用无垠的想象为读者构建了一个又一个天马行空的世界。

第三册《太阳坠落之时》收录了张冉的《以太》和《太阳坠落之时》。

张冉也是中国科幻更新代代表作家之一，早在2013年，他便以处女作《以太》荣获第四届全球华语科幻星云奖最佳科幻短篇小说金奖。他的作品中有一种人文和青春的情怀贯穿始终，淋漓尽致地展现了科幻文学的魅力。

《以太》抓住“信息控制”和“主体自由”之间的矛盾冲突——这个当代科幻小说最常见的主题，独具匠心地创造了“手指聊天聚会”这种反抗控制的低技术形式，给饱受高技术压迫的人一种获得解脱的幻象，可见作者深谙反乌托邦类型作品魅力的真谛。

《太阳坠落之时》对萦绕于人们心中的噩梦进行了开创性的描述，纵横于天地之间，波澜壮阔、扣人心弦，是一篇科幻性和文学性俱佳的作品。

第四册《彼岸花》收录了阿缺的《再见哆啦A梦》《彼岸花》和顾适的《嵌合体》。

阿缺和顾适都是近几年快速成长起来的新锐作家，前者是一名大学教师，后者是一名城市规划师。以他们为代表的中国科幻全新代作者正在科幻文学风格多样化尝试的道路上大步迈进。

《再见哆啦A梦》以生动的笔触描绘了具有现实感的乡土中国背景，并细腻地摹画了少男少女的朦胧感情。结局处理虽有些简单化和理想化，但着实感人肺腑。愿“每一个孤单童年，都有一只哆啦A梦在守护”！

《彼岸花》语言幽默风趣，是一篇名副其实的“重口味”轻小说。它用非人的眼光看破人类的穷形尽相，可谓丧尸版的《狂人日记》。那朵让丧尸渡过劫难、抵达彼岸的奇花，是作者寄予世界的温情和希望。

《嵌合体》立足于当代最热门的前沿科技，从“爱和自由”的视角入手，以细腻锋利的文笔，用双线交织的结构，将悬疑案件与科幻故事紧密结合，让想象的触角拓展并深入人类起源这一古老的议题——人类究竟源于自然的进化，抑或本身就是嵌合体?

科幻文学是清朝末期民国初年从西方引入的一种类型文学，经过中国科幻作家百余年的探索和奋斗，已经打造出独具东方文化特色的科幻文学体系。特别是进入21世纪以来，中国科幻作家通过不断努力，形成了华语科幻共同体，创立了全球华语科幻星云奖，并提出了“新科幻，出东方”的宏伟目标。这套金奖作品集，是新时代中国科幻作家作品的精华凝结，也是中华文化多元一体的生动表现。

我们相信，中国科幻作家的创作根植于中国五千年文明史，一定能继续书写有东方文化特色的优秀科幻文学作品，进一步激发青少年的科学梦想，助推中国成为世界科技强国。

新科幻，出东方！

促科学，铸强国！

主编：董仁威

副主编：阿贤

# 目　录

何夕

# 人生不相见

# 一、领路人

入夜的营地安静了许多，白昼里训练的喧嚣已经散去，这里是美国凯斯国家海洋保护区的基拉戈海岸。范哲警惕地扫视四周，因为叶列娜现在正在“工作”。怎么说呢，范哲算是叶列娜的同谋，门禁系统是他突破的，现在他还在给叶列娜望风。按章程规定，档案馆网络与外界隔离，自成一体，只有在内部才能调阅其中的档案。严格来说，叶列娜就算进到里面也没法“调阅”，因为她根本没有取得相应的权限。叶列娜已经进入档案馆快一个小时了，也不知道情况如何。范哲可不想成为被好奇心害死的猫，再说他对那些档案也没什么好奇心，最多只是对叶列娜有那么点好奇心罢了。不过虽然是在犯规，但范哲心里并无多少愧疚之感，其他学员都如期离开，偏偏留下他们两个人，而且找谁询问都是一句无可奉告。范哲还好点儿，只是一名工程师。叶列娜以前是特工，天生就是个惹事丫头，反正闲着也是闲着，正好练练个人的手艺。

范哲心虚地刚想四下张望，就在这时，他见到了那个人。范哲敢肯定就在一分钟之前周围都是没人的，估计刚才这家伙是隐身于某个角落。对方显然发现了范哲，因为他正冲范哲点头示意。范哲心里有鬼，他强迫自己不要朝档案馆的方向望。

“这里真美啊。”来人应该是亚洲人，四十多岁，脸上的皱纹宛如刀削。但是他的语气让范哲觉得有些奇怪，因为这样抒情的语气像是一个青涩少年。

“当然。”范哲强自镇定地接过话头，“你刚才一直在这里……看风景？”

“我来了一阵儿了，大海很壮观，不是吗？”

“当然，你慢慢看。”虽然来人透着古怪，但范哲没有心思细究，心里只盼着这家伙早点离开。

来人望着夜幕下的海洋：“宝瓶宫还在原来的地方吧？”

范哲悚然一惊，离海岸线八公里外的海面之下就是宝瓶宫。宝瓶宫始建于二十世纪八十年代，是元老级的宇航员训练设施。其生活舱和实验室就建在一个深海珊瑚礁旁边。宝瓶宫长十四米、宽三米，重约八十一吨，建在二十七米深的水下，模拟了空间站的各种生活条件。许多年来，它的面积一直保持在四十二平方米，并非技术上无法扩建，而是刻意保持与太空居住环境的相似性。其生活设施当然是很齐全的，但是想象一下让人在这里待上几百个小时（所谓的饱和潜水）会是什么滋味吧。宝瓶宫主要是用来训练宇航员的太空运动能力的，但显然这个训练对宇航员的心理素质也是一个考验。据说在未公布的档案袋里就有宇航员长期幽闭后患上精神疾病而被淘汰的记录，当然，这样的资料不是一般人能看到的。不过范哲觉得，也许再过一会儿自己就能目睹那些神秘的资料了，希望叶列娜一切顺利。

“您是新来的教官？”范哲试探地问。

“不。”来人意味深长地摇摇头，“很多年前我是这里的学员。”

“啊？”这回轮到范哲吃惊了，刚来这里时就有人向教官问及以往学员的现状，但被告知这属于机密。而现在居然来了一个活生生的例子。

“不用怀疑。”来人淡淡开口道，“不过我出现在你面前属于特例。”

“为什么告诉我这个？”范哲不禁有些紧张，出于本能他也明白，知道了某些事情不见得是件好事。

“因为我们将一起合作，”来人眼里闪出洞悉一切的光芒，“你、我、叶列娜。自我介绍一下，我是何夕。你们之所以一直待在基地，就是在等我，因为我是你们的领路人。”

范哲的嘴微微张开，样子有些傻气。这时，他手里的电话响了，上面显示出一条正在传输资料的进度条。看来叶列娜已经有了收获。

“跟我来吧。”来人说完大步朝前走。

“去哪儿？”范哲不知所措地问。

“当然是去档案馆。你通知叶列娜终止行动吧，我会揭开你们心中的谜团。”

# 二、参宿

档案已经发黄。

在恒星际时代，“纸”这种东西出现的机会是极少的，只有在个别场合按照规定必须使用所谓的“硬”拷贝材料时才会用到纸。尽管何夕早已从电脑中知晓了档案袋里的内容，但现在，他仍然必须在办理完烦琐的手续后从机要员手里接过它。蓝色的菱形印章覆盖在档案袋的封口处，代表着某种至高无上的权威。印章已经有些斑驳，五十多年的时光顽强地在上面留下了痕迹。其实所有人都知道，真实可靠的文件内容只能通过电子副本获得，因为在这个时代，只需要入门级的原子组装技术便可以假乱真地复制出连同这个印章在内的全部纸质档案，谁也不敢确定手上这套东西就是以前封存的原件。只有基于数论的电子加密技术才能完全确保文件的安全。但这并不妨碍何夕一脸郑重地抽出文件从头阅览，因为这是规定。

看着那些文字，何夕心里涌起一丝难以言说的情绪，他知道二十年前的那个人也曾经翻阅过这套编号为“145”的档案。范哲和叶列娜亦步亦趋跟在何夕身旁，脸上的激动无法掩饰。何夕瞄了眼范哲，不禁想起当年的自己何尝不是一样。何夕知道，他们俩能跟随自己进入这里看到乐土计划的档案，的确是一件不容易的事情，这意味着他们至少要淘汰掉两千名竞争者。但何夕不知道，接下来这两个年轻人在完全明了自己的使命后，是否还能像现在这样志得意满。从道理上讲应该影响不大，至少测试题目已经隐晦地暗示了某些线索。

“好了。该进入正题了。”何夕示意两个年轻人坐下，“从拆开这份文件开始，我们三个就算是正式加入乐土计划了。或许你们也知道一些内情，但我还是按规定从头说起，因为我是你们的领路人。在未来这段时间里，我将陪伴你们，直到任务完成。”

“还是不用了吧。”叶列娜突然打断何夕，“基础背景知识我刚刚在电脑上看过了。”她转头看着范哲，“我还传给了你。”

范哲有些错愕，他没想到叶列娜竟然这样坦诚。本来他只是抱着试一试的心态，没想到叶列娜真的能成功调阅到内部档案。

这回轮到何夕吃惊了，乐土计划属于联邦绝密级，他有些狐疑地看着这个头发微卷的女孩。他知道叶列娜有过特工的经历，但没想到她居然还是一名技术超群的计算机黑客。

“你不用怀疑。”叶列娜落落大方地开口道，“我潜入档案馆，用自己写的一个工具软件搜索到了系统的小漏洞，从而看到了少量密级不高的资料，但也仅仅到此为止。总体来说，那个什么乐土系统还是非常强大的。不过，所有事情都是我一个人干的，与范哲无关。”

何夕不动声色地问：“那你知道些什么？”

叶列娜似笑非笑地答道：“知道了我们这趟旅程并非一般的考察，和其他人所知的不一样，这条航路曾经发生过重大事故，充满未知的危险。”

“你……”何夕顿时语塞。眼前这个看似文弱的女孩显然具有与她外表不太相称的内在力量，她无所畏惧地与何夕对视着，竟然使得后者生出一丝躲闪的念头。一旁的范哲保持着沉默，但看得出来他是站在叶列娜一边的，他看向叶列娜的眼神里混合了欣赏与关心，还有隐隐的依恋。这也难怪，他们一起接受训练，特别是这最后一个月他们二人一直单独相处。何夕心中一凛，这是一个让人感觉不好的苗头。

“恐怕基地的头儿也是有所顾虑吧。”叶列娜幽幽地开口，眼里有洞察的光芒闪现，“我们这次考察本该在一个月前开始，但却一直拖到现在。其实基地并不缺乏领路人，却专门将你从四十六光年之外召回来，因为你比他们有经验。”

何夕颓然跌坐。叶列娜说得没错，这次行动的确非同寻常。接到基地的命令，何夕也相当意外，从来没有人会第二次执行乐土计划，这是没有先例的。二十年来，何夕一直生活在天蝎座18 号星的第二颗行星——渤海星上。天蝎座 18 号星距离太阳系四十六光年，地球天文学家很早就开始关注这颗恒星，原因在于它和太阳实在太相像了，几乎具有相同的年龄、质量、直径乃至表面温度，就连自转周期也非常接近，都为二十五天左右。这颗位于天蝎座左螯上的恒星理所当然成为人类优先纳入考察计划的星球。所以“虫洞通道”刚刚进入成熟阶段，人类就向天蝎座 18号星发射了探测飞船。正如俗语说的那样，“坏运气连着坏运气，好运气连着好运气”，人们惊喜地发现，这颗恒星的第二颗行星竟然具有良好的生态环境，最可贵的是，经过后续的仔细探查，发现这颗行星上还没有进化出具有智能的生命体。一句话，人类中大奖了，奖品就是一颗直径一万一千公里、后来被命名为“渤海”的生命星球。

但是叫他怎么对叶列娜和范哲说呢？这两个年轻人可能知道一些事情的轮廓，但以他们现在的心境，怎么可能体会到那些事情背后鲜血与生命的分量？是的，他们太年轻了，他们只是好奇，只是对世界上的未知充满向往，却不明白人生一直行进在雷区之中，无法察觉的灾难随时可能吞噬一切。经历过危险的人才会加倍珍视生命。其实为了执行这次任务，基地总共向十二位“老人”发出了非强迫性的召集令，但最终只有何夕一个人接受了命令。

“先生，你怎么了？”范哲关切地问，作为一名工程师，他不像叶列娜那样咄咄逼人。

“没什么。只是渤海星的氧气含量略高于地球，我刚回来不久，还没完全适应。”何夕抚了抚有些气闷的胸口，“其实就算你们没有突破系统，有些事情我也是会告诉你们的，所以我不打算将你们突破档案馆系统、偷偷‘调阅’档案资料这件事上报。当然，我会提醒他们系统出了漏洞。不过也请你们不要再对其他人提起这件事，好吗？”

叶列娜的目光在何夕脸上停留了一秒钟，声音突然变得低缓：“谢谢。”

“还是让我们说说里海星的事情吧。”何夕戴上数字手套，房间里顿时暗下来，一幅全拟真的星图浮现在半空中。淡淡银河垂地，仿佛某个超级巨人的信手涂鸦。“看那里，猎户座，也就是中国古人说的参宿。”

何夕手指微动，星图被急速地拉近：“这颗编号为HP26762的红色恒星距离地球一百六十八光年，光谱型为F，太阳的光谱型为G，所以它的表面温度略高于太阳。”

镜头拉近，红色的灰尘被放大，现出模拟的细部结构，可以看见丝丝缕缕的日珥偶尔从星球的表面喷射出来，宛如条条纱巾。那是另一颗光明的星球，是太阳远在亿兆公里之外的兄弟。何夕注视着这颗美丽的空中宝石，眼里流露出难以描述的情愫，即使以范哲的粗疏，也能看出这个中年男人分明对这颗远在一百六十八光年之外的星球有一种奇特的情感。叶列娜记下这一幕，她隐隐觉得此次任务透着一些诡异。

“恒星HP26762的第二颗行星就是里海星，它是在五十多年前被发现的，在例行的二十年观测实验后期被正式纳入乐土计划。里海星形成于三十亿年前，比地球轻。它和地球的主要差别在于，它的铁镍质核心偏小，这导致地核冷却速度更快，虽然只过去了三十亿年，但它现在的地磁强度只有地球的二分之一，而且目前还在继续以每年亿分之一的速度减少。将来里海星也会像火星一样彻底失去磁场保护，到时候在恒星粒子流的作用下，它最终将失去绝大部分液态水。不过那是二十亿年后的情形，在未来几亿年内依然算得上是人间的‘乐土’。”何夕按照例行规定做着介绍。

“等等，”叶列娜插话道，“恒星HP26762的表面温度高于太阳，里海星的磁场又弱于地球，那上面的恒星辐射一定比地球强。”

何夕赞同地点点头："准确地讲，里海星表面的平均恒星辐射强度是地球的两倍，在两极地区还要高得多。我看过当年从里海星传回的极地照片，某些时候在极光辉映下，那里的夜晚就像白天一样。实际上，在里海星30度左右的低纬度地区，偶尔能看到极光，这就好比在上海市看到北极光。"

"那肯定很美。"范哲露出悠然神往的表情。

"当然，可以毫不夸张地说，美得令人无法呼吸。"何夕淡淡一笑，"但可惜我们欣赏不了多久。高能粒子会让我们的眼睛很快患上白内障，我们的骨髓细胞会被迅速摧毁，接下来便是顺理成章的结果——死亡。"

"所以才需要先行者，对吧？"叶列娜插话道。

何夕这次没有表现出诧异，他料到叶列娜已经查到了先行者的资料："是的，先行者率先登陆并征服这些星球，如果有可能，他们还承担着改造星球环境的任务。总之，先行者是值得我们永远尊敬的一群人，他们为人类的美好前途付出一切……"何夕陡然止住，脸上多了几分凄凉的意味。

叶列娜与范哲面面相觑，何夕凝视着虚空中的猎户座群星，心里不禁暗自发出一阵悠长的喟叹。在一百六十八光年的距离阻隔之下，彼端已然是另一个世界。

"资料里提到了通道事故……"范哲小心地提起话头。

何夕从短暂的失神中回过神来："是的，通道，那是一次事故。在发现里海星的时候，虫洞技术已经非常成熟，人类在坐标点之间的跃迁有过无数成功的经验。虫洞技术的基石是引力，正是靠着对强大引力的精确操控才能将空间‘穿孔’，从而实现超距跃迁。虽然虫洞跃迁的理论耗时为零，但在实际中至少要维持十五秒稳定态，才有足够的时间完成一次操作。不过，虫洞的理论基石隐含着虫洞跃迁的一个危险：虫洞几乎是成对出现的，而如果在虫洞对之间的直线空间上存在着强引力物体，那么在跃迁之前就必须考虑到这种引力的影响，将其带入计算中，否则建立的虫洞对将陷入紊乱的状态，跃迁目的地将变得无法预料。”

叶列娜插话道：“的确，这种情况下，一旦误入巨星系的核心区域，肯定会导致灾难性后果。”

何夕摇摇头：“你说的情况并不常见，就总体而言，宇宙中物质的分布非常稀薄。至今发生的几起事故是另外一种更复杂的情况。”

“什么情况？”范哲问。

“偏移并不只发生在空间上。”何夕神色凝重地说，“第一艘事故飞船发现自己偏离预定地点约二十光年，当飞船成员和地球建立量子通信之后，才发现虽然他们只感觉过去了一瞬间，但在地球上，时间已经过去了四个月，人们当时都以为他们遇难了。所以他们是同时在空间和时间上都出现了飘移。”

“他们穿梭了时空？”叶列娜倒吸了口气。

“‘穿梭’这个词容易导致误解，没有人能够回到过去，只可能往后飘移。”何夕接着说，“根据事后分析，这种效应近似于物质以光速运动时的情形，对他们而言，时间停止了。迄今，相同的事故发生了六起，有的是几个月，有的是几年。最长的一起失踪事件已经过去了六十年，至今没有消息，而且可能永远都不会有消息了，他们很可能已经被巨型恒星吞噬了。”

“里海星任务也是事故之一，对吗？”叶列娜幽幽地问道。

“是的，就是猎户座里海星。”何夕点头，“那里也是我们这次的目的地。”

“这种威胁来自黑洞吗？”范哲插话道。

“并不是那么简单。”何夕缓缓摇头，“在现有技术条件下，虫洞对的距离不能超过十光年，所以去某个外太阳系的行程实际上由一系列的跳飞组成。而对强引力物质的探查，就是建立航道过程中最重要的工作。十光年虽然是一个非常遥远的距离，但现有技术对于包括普通黑洞在内的强引力源的探查是很准确的，唯独对于那些形成于宇宙大爆炸初期的微型黑洞束手无策。这些太初黑洞非常小，有的视界还不到一微米，却具有很强大的引力，要完全排查极其困难。好在这种特殊结构并不常见，而且根据计算，单个微型黑洞并不足以扰乱虫洞的运行，除非是遇到散布的微型黑洞群落，否则虫洞跃迁依然是安全的。实际上在那次事故之前，人类已经往里海星成功发射过多艘飞船，且一切运行正常。”

“资料上讲，在出发后三个多月的时候，飞船成员发回了遇险信息。”叶列娜开口道，“当时他们不仅在时间上飘移了六十多天，还在空间上误入了一颗超强辐射脉冲星的势力范围，两名男性成员当场死亡，最后那名女性成员发出航线上存在高危险黑洞的警报信息之后也死了。”叶列娜注意到何夕脸上难以掩饰的痛苦，“这直接导致前往里海星的航道自二十年前中断至今。”

“是的。”何夕调整了一下情绪，“航道的重新探查是一个漫长的过程，尤其是在已经发生了悲剧的情况下。现在的新航道在距离上远了一些，但应该能够绕过那个可怕的微型黑洞群落区域。”

“能确定是微型黑洞造成的事故吗？”叶列娜探究地问。

“这个，当然了。”何夕有些诧异地看了眼叶列娜。

“可是后来并没有发现微型黑洞群落的确切消息，现在新航线只是绕道而已。为此白白耗费二十年时间……”叶列娜突然止住，因为她发现何夕陡然间像是变成了另一个人。

“你说什么？”何夕瞪大双眼，“你有什么资格怀疑于岚的判断？这是她付出生命代价才得到的结论，你……”

叶列娜忙不迭地道歉，她也觉得自己的怀疑有些过分：“对不起，我只是有些好奇。”

何夕撑住额头，二十年了，一切仿佛昨天才发生，包括于岚最后那凄美的微笑。

## 三、商宿

休斯顿宇航中心一派繁忙，里海星飞船将在这里升空，进入外层空间后再转入虫洞飞行。虫洞飞船的主体就像是一颗巨大的枣核，周围悬浮缠绕着三个交叉的线圈。领路人马维康带着他的组员加滕峻和于岚一字排开站在飞船前面，接受人们的祝福。

何夕面无表情地注视着站在飞船前面的三个人，准确地说，他的目光是落在那个娇小的身影上，心里麻木得没有一丝感觉。就在昨天之前，他的心还被幸福的憧憬填得满满的，而现在一切都已无法挽回。

是的，就在昨天，何夕当时刚刚从减压舱里出来。在宝瓶宫受训的宇航员由于长时间生活在水下，体液被高压氮气所充斥，在返回海面前要进行长达十七个小时的减压，这是最让人难受的环节。何夕一出减压舱就禁不住仰头深吸了一口气，感觉自己这才算活过来了。等他再次平视前方时，一眼便看到了于岚那俏生生的身影。

绿树，草地，衣袂飘飘，这是一道风景。

于岚扬起脸，有些调皮地看着何夕："谢谢你这段时间对我的照顾。"

"咱们的生物学博士什么时候变得这么客气了？"何夕略显木讷地笑笑，他们前后相差十天进入宝瓶宫，在那里共同训练了二十天。其实何夕觉得应该说感谢的是自己，因为自己晚到十天，是于岚告诉了他许多有益的经验。不过，在一起突发事故中，也的确是何夕帮助于岚脱离了险境。

"我是来同你道别的。"于岚轻声道，她低头看着地面。

何夕有些意外："道别是什么意思啊？我们可是分在同一个组的，应该是半个月后一起出发吧。"

“基地做了调整，我被改派了别的任务。”于岚黑白分明的眸子里闪过难以言说的神色，一种痛楚的感觉在这一瞬间从她的心头滑过。二十天前的一次训练中，于岚的潜水设备发生了紧急故障，何夕没有任何犹豫就把自己的呼吸器拉开接驳到她的面罩上。那一刻，于岚心里某个最柔软的地方被深深触动了，她没想到，这个世界上真的会有个人视她胜过自己的性命，她本以为这样的情节只存在于赚人眼泪的小说里。那是怎样一种天雷地火般的触动啊。

“哦，怎么会这样？”何夕语气里有难以掩饰的失望，他觉得自己的心正在往下沉。

于岚咬住下唇，叫她怎么跟眼前这个比自己小一岁的大男孩说呢？其实正是她自己要求改派的。十天前，当她回到基地知晓了任务的全部内容后，她只能做出这样的选择。等何夕知道真相后，应该也会同意这是最好的选择吧。这个世界上有许多很伟大很崇高的东西，跟它们比起来，爱情虽然美丽，但却只是一件渺小的装饰品。于岚想到这一点的时候，突然觉得有一丝什么东西从身体里被抽了出去，渐行渐远，仿佛多年前的某一天，她眼睁睁地望着心爱的布娃娃飞出列车车窗。

“再过二十四个小时，我就出发了。”于岚脸上挂着空洞的笑。

“我们以后还能见面吗？”话一出口，何夕就发现自己问得太蠢。刚受训时他们就被告知，不同小组成员的后况将被列为机密，彼此是无缘再见的。

“知道我要去哪里吗？”于岚的声音像风铃一样动听，“是位于猎户座的里海星，中国古人所称的参宿。而你要去的渤海星位于天蝎座，中国古人称之为商宿。”

何夕陡然间明白了什么。人生不相见，动如参与商。参星在西，商星在东，千百年来，地球上的人们从未同时看到过参宿和商宿，当一个上升，另一个便下沉，永世不能相见。

于岚的心里也滚过宿命般的浩叹，十天前她只是请求改派任务，到里海星是上面的人定的，但却那么不可思议地映照到千年前的诗句里，仿佛冥冥之中真有天意。

……

送别的人一一上前，祝福三位勇士。这时，领路人马维康注意到了于岚的沉默：“我们基地最美丽的女士不想对大家说点什么吗？”

于岚被突如其来的提问从失神中拉回，她静静地巡视全场：“谢谢大家来送我们。其实，我要说的话昨天已经说完了。”于岚望着人群中的何夕，脸上露出一抹带泪的笑容。

何夕嘴唇翕动，那是只有他们两个人才能听到的诗句：“人生不相见，动如参与商。今夕复何夕，共此灯烛光。”

是的，这就是人生的宿命。当昨天何夕第一次打开属于他自己的渤海星任务档案时，立刻就明白了于岚做出的是怎样的决定，他现在赶到发射场只为与于岚最后告别。这并不是什么一般性的考察任务，在那个无比崇高的目标之下，需要他们付出的有很多，其中就包括——爱情。

# 四、水星球

目的地设定为距渤海星六十万公里的外层空间，这是为了尽量避开渤海星两颗卫星的干扰。作为领路人，何夕完成了百分之九十以上的操作。每一次十光年跳飞后的方位确认、航道修正以及能源补给，需时约两天。其实一切都是在计算机程序的安排下进行的，领路人所能做的也不过是单击确认按钮。这虽然只是一个表象，但却让人觉得仿佛是自己在掌控着命运。何夕摆摆头将这个念头甩开，启动最后一次跳飞。

三十五个地球日之后，虫洞飞船突兀地出现在渤海星的外层空间。防护罩缓缓打开，母星明亮的光线经过过滤之后照射进来。叶列娜和范哲迫不及待地解开束缚，飘移到舷窗旁，里海星巨大的身影悬浮在远处漆黑的深空中，像是一只绘满蓝色花纹的瓷盘。

是的，蓝色覆盖了里海星的全部表面，这是一颗没有陆地的水星球。虽然这是早已从资料里知道的事实，但同地球的巨大差别，还是让人一见之下难以相信自己的眼睛。

“真美啊。”叶列娜如痴如醉地赞叹道，“哎，范哲，你看它像不像一颗矢车菊蓝宝石？”

“真想把它镶在一枚戒指上送给我的新娘。”范哲幽幽开口，“不过它真的太奇特了，竟然没有陆地。”

何夕的动作比年轻人慢了半拍，他凝望着里海星，一时间心潮起伏："里海星并不奇特，是地球更加奇特。"

"你说什么？"范哲不解地问。

"宇宙中的行星无非两种，要么有液态水，要么没有。相比之下，存在液态水的行星是小概率事件，根据现有资料来看，概率小于一亿分之一。因为这要求行星具备一系列极难满足的条件，比如行星与恒星的距离、恒星所处的年龄阶段、行星自转的速率、行星的质量及引力大小、大气层的厚度等。这些条件的苛刻程度，足以与宇宙常数奇特的精确程度相提并论。你们想想看，在太阳系里存在那么多行星、小行星以及卫星，但确定拥有液态水的却只有地球。"何夕耐心地讲解，"但另一方面，由于宇宙无比巨大的物质数量，存在液态水的行星数量实际上又是一个天文数字。如果我们认可生命的自发论是正确的，那么，在数以十亿年计的时间条件下，液态水和生命存在几乎就是一个等同的概念。所以一般性的看法是，宇宙中生命绝非地球所独有。"

"这个我大概是知道的。"叶列娜插话道，"可刚才你说'地球更加奇特'是什么意思？"

"你们应该知道，地球表面百分之七十一是海洋，百分之二十九是陆地。我的意思是，在拥有液态水的星球里，这是一种非常奇特的小概率现象。"

叶列娜和范哲面面相觑，表情有些呆滞。

"实际上，水这种物质在地球总的物质中占有的比例相当低。这些水大致有几个来源：地球形成时的太初尘埃、数十亿年来引力俘获的星际水分子、撞击地球的小行星或彗星带来的水分。正是这些极其复杂的来源共同产生了地球上现在的水分。地表水的质量约为地球质量的万分之二，地核中则基本可以肯定没有水的存在。而为了测出地幔的情况，2002 年，日本的研究者在高温高压环境下创造出四种和地幔矿物相似的化合物，然后向这些化合物灌水，测试它们吸水后质量的变化。结果表明在地幔处溶解的水是地表水量的五倍多。所以地表水的质量加上地幔水的质量，水占地球质量的比例约为千分之一。这是一个非常低的比例，我们完全可以想象水占比高得多的行星，理论上甚至不能排除百分之百由水构成的星球，有些小行星和彗星的构成比例差不多就是那样的。那么从道理上讲，在所有存在液态水的行星上，水质量占比小于千分之一也是稀有事件。也许在一百个这样的行星中，九十九个都比地球含水量大。”

范哲听得有些发呆，而叶列娜也罕见地保持沉默。

何夕笑了笑：“别这样看着我，要知道我的专业就是天文学，我当年的毕业论文就是研究地外含水行星的，题目就叫‘水星球’。让我们回到正题吧，即使以千分之一这样低的占比来看，海洋也占据了地球的大部分表面。如果我们假设某个行星的水质量约为星球总质量的千分之二，那么按照一般化的原理来看，大陆其实已经不大可能存在了，个别岛屿有可能存在，但如果行星含水比例再上升一点儿，岛屿也将完全消失。也就是说，我们有理由认为，对于所有存在液态水的星球来说，大片陆地的存在只是一个小概率事件，而表面基本被海洋覆盖才是常态。实际上迄今为止，在人类发现的两百多颗地外生命星球中，只有一颗星球具有大片陆地。”

“在哪里？”叶列娜按捺不住激动的心情。

“就是我生活了二十年的渤海星。它的表面百分之九十被海洋覆盖，具有一片面积接近亚洲的大陆。当初发现它时，引起的重视是空前的，地球委员会启动了最紧急预案。”

“为什么？就因为它有陆地？”范哲插话道。

“还能有别的原因吗？就是因为陆地。”何夕肯定地点头。

## 五、乐观派

飞船已经进入近地轨道。从这里看过去，里海星已经占据了大半个视野，它静谧地转动着，丝丝缕缕的云带间断连环，勾勒出大致的大气运动路径。叶列娜扫了一眼控制台，信号已经发出，但还没有收到任何回应，这显得有些不正常。虫洞跃迁结束后是一段常规航程，大约四天后才能抵达里海星，宇航员接受的培训就是为这种常规航程准备的。叶列娜转头欣赏着舷窗外的风景，她已经知道由于没有大陆，里海星的气候是比较温和的，除了在赤道附近偶尔形成台风外，基本上没有极端的气候状况；由于没有大陆的阻拦和消减效应，台风在里海星的存续时间比地球长得多。就算是台风也不会对绝大多数生灵构成威胁，巨量的液态水保护了所有的生灵，但是，这真的是一种保护吗？

“我还是怀疑水星球不能永远封锁智慧生命的产生。”叶列娜看着何夕，“如果时间足够，也许生命会找到一条我们未知的进化道路。”

“我以前也这样想过。但你能告诉我在水星球上怎样得到火吗？不是稍纵即逝像闪电的那种，而是持续不断能被使用的火。”何夕的声音低沉下去，“燃烧的三个条件是：有可燃物，与氧气接触，温度达到可燃物着火点。在水中没有游离氧，而且水温也低于多数可燃物的着火点，自然条件下无法获得火。至于现在人们实现的水下燃烧实际上是基于精巧设计的机器，这种火明显是智慧的产物。”

叶列娜泄气地摇头。她当然知道火对于智慧生命进化的意义。那可不仅仅是提供保护和熟食，包括煅烧器具、冶炼金属，以及后来人类的化学物理等一切科技，没有一样不是发端于火的应用。

“以前有种观点，认为人类作为智慧生命的标志是人的大脑重量在体重中的占比是最高的。但现在我们知道宽吻海豚的这个比例是大于人类的，而几百万年来，宽吻海豚也没能产生自己的文明，最多只能算是有些社会雏形罢了。”何夕接着说道，“所以你们现在可以明白，当年发现渤海星时地球联邦为何如临大敌了，因为大陆的存在有利于智慧生命的产生。不过只是虚惊一场，后来人们发现渤海星没有高智慧生命存在，那里最高级的物种是一种生有脊椎、长着八条腕足的陆地章鱼，其智力接近地球上的长臂猿。如果人类更晚发现渤海星，这种生物可能会成为这颗星球的统治者，但现在它们的腕足是渤海星上的一道名菜。”

叶列娜心中不禁涌起巨大的骄傲与庆幸。如果认可何夕的观点，水星球对生命的保护实际上却是一种对生命永恒的禁锢。处于这颗蓝色星球的上空，叶列娜明白这几天与领路人的交谈已经彻底地改变了自己。她几乎是有生以来第一次意识到生而为人是一件多么奇异的事情，或者按何夕的说法，是一件概率多么小的事件。

“但为什么人类会害怕另一种智慧生命？难道彼此不能成为朋友吗？”叶列娜吐出心中的疑问。

何夕古怪地笑了笑：“其实在这个问题上，一直存在悲观与乐观两派。悲观派认为宇宙的智慧生命一旦相遇，将立即导致落后的一方被掠夺、杀戮乃至灭绝。现在这种观点获得了不少人的认可，是主流。”

“那乐观派呢？”叶列娜急切地问。

“我就是乐观派。”何夕注视着叶列娜的眼睛，“这也许和我自己的天文学专业有关。但是现在，我的这种观点出了点问题。”

“我不太明白你的话。”叶列娜蓝莹莹的眼睛里写满了好奇。

“我们之所以乐观，只是因为宇宙本身宏大。离地球最近的恒星系是四点三光年之外的比邻星，但它是一个引力系统非常复杂的三星系统，行星根本无法稳定存在。而已知的拥有行星的恒星都离地球十光年以上，基于生命产生和进化的苛刻条件，这些行星上面恰好拥有智慧生命的可能性几乎为零，上百年来地球上最强大的射电望远镜还没有从这些星球上接收到一丝有意义的信号，这实际上已经基本否定了地球周围数十光年内存在智慧生命的可能性。”

“那再远一些呢？”范哲插话道，“可观测宇宙的范围可是超过一百三十亿光年。”

“再远一些当然会有可能。”何夕肯定地说，“虽然智慧生命产生的概率极低，但由于宇宙物质的无比巨大，所以拥有智慧生命的星球是一定存在的，而且其中很多智慧生命的科技水平肯定超过了地球人。那么问题来了，如果这些科技水平更高的外星种族来到地球，他们会干什么？”

叶列娜和范哲对望了一眼，都老实地摇了摇头。

“乐观派的结论是他们什么都不会做。因为对于能够跨越成千上万光年距离的高级文明来说，地球以及现阶段的所谓人类文明除了有一点观察意义之外，根本就没有任何用处。这样的高级文明早就洞悉了物质的全部秘密，也许他们为了来到地球看一眼便随手熄灭了上百颗太阳大小的恒星，这样的种族又怎么会在意地球这颗沙粒上的那丁点儿所谓资源呢？”何夕露出一丝戏谑的笑容，“我常想这就好比人类建造了能抵抗深海高压的高科技潜艇，来到大西洋海底烟囱观察那些靠硫化物生存的管虫。如果管虫中也有悲观者的话，它们一定会惊呼：‘糟了！人类来抢我们的硫化氢和美味酸水了。’”

叶列娜扑哧一下笑出声来，何夕的比喻让她忍俊不禁，她当然知道人类放的屁里就充斥着硫化氢。不过她想起一点：“那你为什么说自己的观点出了点问题呢？”

“是虫洞。”何夕的表情转为严肃，“都是因为虫洞这种超越了时代的技术，至少我认为这种技术提前让人类进入了本来还不到时候进入的领域。”

“我有些明白了。”叶列娜点头，“这种技术可能让在文明上还不够成熟的种族与高等级文明种族发生碰撞，也许会导致悲观派预见的结果。”

“还没有回信吗？”何夕转头问范哲。

“的确没有收到回信。”范哲很肯定地报告，他已经全面检查了设备。作为一名合格的工程师，他很相信自己的能力。“哎，等等，有信号答复。”

何夕和叶列娜急速地飘过来，他们的目光都锁定在了屏幕上。

“里海星纪元52年6月13日，这里是里海星接引驻地，先行者欢迎来自地球的客人。驻地坐标东经115度，北纬30度。重复一遍：东经115度，北纬30度。”

“登陆飞船准备就绪，请领路人指示。”范哲掩饰不住心中的激动：有生以来第一次将登上另一颗星球，这是多么奇妙的际遇。

但是何夕却微微蹙眉，仿佛正面对一件奇怪的事情，脸上阴晴不定。

“范哲留在主船，我和叶列娜登陆。”

“为什么？”范哲失望地问，“按照章程我也应该下去的。”

“你的任务是立刻对整个里海星建立毫米级扫描观测。”

“计划书里根本没有这一条啊。”范哲大惑不解。

“这是命令。”何夕面色阴沉，口气不容置疑。

## 六、驻地

驻地像一片漂浮在无边池塘里的巨大树叶，登陆舱渐行渐近，在“巨大树叶”的映衬下像极了一只小小的瓢虫。这时，驻地的表面裂开一道窄缝，吞下登陆舱。

面前居然是一片浅丘草地，不知名的野花绚丽绽放，小溪淙淙流淌，一只草原黄鼠“嗖”地从旁蹿出，惊起一只蚱蜢，在里海星相当于地球三分之二的引力条件下自在飞行。一幢四面透明的房子突兀地矗立在平地上。

一个满头银发、皮肤黝黑的高个子从房子里很慢地走出来：“欢迎你们，我是李高。”

“你好。”何夕淡淡点头，“可以告诉我你的先行者编号吗？”

来人沉默了一下，说：“当然，我是里海星先行者 42 号。”

“那好，42 号，我们能够到大船上去吗？”

“现在还不行，大船在圣地。”

“圣地？”何夕疑惑地问，“那是什么地方？”

来人的语调变得庄严：“圣地是世界上最美丽的地方。”

何夕用眼角的余光扫视了一下自己手臂上的扣子，那是一个发射机，此处的一切情况都已经被传送到了虫洞飞船。“我想看看这个圣地，请带我们过去。”

来人再次沉默了一秒钟，说：“好的，我去安排。现在请你们在此等待。驻地的环境和地球相似，领路人应该知道的。”

看着那人进屋的背影，叶列娜刚想开口却被何夕止住，他取出仪器四下扫描确定没有监视之后开口道：“你马上联系范哲，让他准备建立和地球的量子通信。”

“现在就准备吗？”叶列娜吃惊地问。虫洞飞船携带有一组用于量子通信的电子，保存在接近绝对零度的超低温环境中。它们都是一对双生电子中的一个，对应的另一组电子留在了地球上。双生电子诞生于纯粹能量的碰撞，呈现出量子纠缠态，由于泡利不相容原理，它们的物理状态永远是相反的，这便是超空间量子通信的理论基础。量子通信要求的能源巨大，实际上虫洞飞船最多只能支持两次量子通信。按照规定，第一次量子通信应该在登陆第七天初步掌握目标星球总体情况后进行，所以何夕现在就要求做好建立通信的准备，的确让叶列娜感到不解。

“我觉得有必要。”何夕的语气十分坚定，“里海星让我有种不安的感觉。”

叶列娜环视风景怡人的四周，不明白何夕指的是什么。但她知道何夕曾经执行过渤海星任务，这样说一定有其道理，她需要做的就是执行命令。

“我也觉得那个先行者有些傲慢。”叶列娜四下张望，“不过这里真的布置得和地球没什么差别，他们为迎接我们是用了心的。”

“这只是章程的规定。”何夕冷冷说道，“按照《乐土宪章》，先行者必须在本星设置一处面积不小于一平方公里的类地球环境，作为星球政府的永久性驻地。里海星还没有到设立政府的时候，这里应该是驻地的雏形。”

“我知道这部宪章，那上面的规定都很死板。”叶列娜有些不以为然地撇了撇嘴，“比如政府驻地这条，里海星明明是一颗水星球，像这样永久性地维持一处地球环境肯定不容易。如果换成是我，我也有意见。”

何夕心中涌起面对淘气晚辈的那种宽容情绪，但他的语气却依然不容辩驳：“《乐土宪章》是整个计划的核心，第一条就明确规定宪章不容违背，否则将被视为人类公敌。”

“这么严重？”叶列娜吐吐舌头，“我看宪章细则里面有些很细的规定，那些也不能违反吗？”

“我知道你指的是什么，那些规定的确很烦琐，但却是乐土计划顺利施行的保证。”何夕了解的点头，“比如刚才的先行者 42 号，你看出他同我们有什么不同了吗？”

叶列娜摇了摇头：“只是觉得他的皮肤颜色较黑，这应该是适应恒星辐射的缘故吧？别的好像没什么了。”

“难道你忘了里海星是一颗水星球了吗？”何夕说，“这些先行者大部分时间生活在水下，他们都有鳃，那才是他们的主呼吸器官，肺只是辅助器官。”

“对啊。”叶列娜恍然大悟般叫道，“可是怎么没看到呢？”

“这便是缘于《乐土宪章》的相关原则。”何夕说，“比如大熊座黄海星的引力是地球的两倍，很明显人类必须经过改造才能在上面生存。黄海星的原生生物都普遍矮小，身体多呈扁平状。先行者是经过设计的人类，很显然将身躯设计低矮是最方便的办法。但是人类采取了另一种办法，就是加固先行者的骨骼等支持系统，当然还包括提高血管壁强度等相关措施。虽然这样做的代价高了很多，但可以保证现在黄海星人的平均身高只比我们低一点点，也就是说，从形态上能一眼看出他们是我们的同类。”

“那里海星人的鳃在哪里呢？”叶列娜问道。

“在我所掌握的资料里，他们的腋下便是鳃的所在。”何夕肯定地说，“虽然这样做造成了呼吸道的部分冗余，但显然在外观上更能让人接受。”

“其实也可以不采用基因改造的方法啊。”叶列娜想起了什么，“采用水下呼吸器不也可以在里海星生存吗？”

“如果那样做的话，人类根本不能算是移民成功，充其量只是一个过客罢了。”何夕说，“只有凭借本能的力量自由生存，才是真正征服并融入了这颗星球，这也是乐土计划的根本宗旨所在。”

“那万一有些星球环境过于古怪怎么办？”

“已经有过一些放弃的先例。”何夕显然很满意叶列娜能提出这个问题，“比如离地球五十九光年的死海星，由于大量硫化物的存在，死海星的海洋呈较强的酸性，里面生活着一些奇怪的低等生物。基因工程师从一种水生螨虫上得到启发设计出了可行的先行者方案，但最终被听证会否决了。现在死海星已经被废弃七十年了。”

“为什么？既然都有了可行方案为什么不实施？”

何夕的嘴角抽搐了一下：“在那个方案里，为了适应死海星的环境，先行者将成为一种全身布满黏液的有鳞物种。我的朋友威廉教授就是听证会成员，他是一位人类学家，据他说，当时一百多名听证员全票否决了方案。”

这时李高从屋子里出来，叶列娜注意到他的笑容有些谦卑。他说：“大船正在赶过来，根据速度计算，二十分钟之后对接。”

何夕蹙了蹙眉：“据我所知，大船都是作为永久驻地的一部分，怎么在里海星会分隔这么远？还有，这里既然是政府驻地，怎么只有你一个人？”

“大船只是例行巡视。另外，我不知道什么叫作政府。”李高的语气不卑不亢，说完便低下头去。

这个回答让何夕略微放心，他也知道政府在验收之后才会成立。但何夕没有注意到，李高低头的瞬间，一丝阴鸷神色从他脸上滑过。

# 七、中央电脑

“我们现在上船，你请自便。”何夕扭头对李高说道。“驻地平时是你在管理吗？”何夕又淡淡地问了一句。

“没有，中央电脑说我还需要学习更多的知识，我现在只是配合机器人管家做些外围的事情。”

大船的主控室位于甲板之上，是一处透明的半球形穹顶式建筑，四面的海景一览无余。正前方控制台屏幕上显示出一个虚拟的、胖乎乎的头像。

“你好，中央电脑已经准备就绪。”头像的语气很平静。

“有一个问题，为什么先行者 42 号具备了某些不该具备的知识？”何夕的语气变得咄咄逼人，“你解开了伽利略封印？”

头像回答得很快：“四十五年前，我同四千枚先行者胚胎一起来到里海星，我的使命本该在二十年前完成。但你们迟到了二十年，那些帮助我管理的机器人逐渐发生了故障。我只好向先行者传授了少量封存的知识，否则不可能在这颗星球上坚持到现在。”

何夕喟然长叹，担心的事情还是发生了。从上次冰河期结束算起，人类文明已经发展了一万三千多年，但是现在，人们认为严格意义上的科技文明以伽利略为鼻祖。在伽利略和波义耳之前，人们一直被禁锢在古希腊的短暂辉煌中难以前进，而之后的牛顿等人则是站在他们的肩膀之上才得以进入科学的殿堂。所谓的伽利略封印只是一个比喻，按照《乐土宪章》章程，在验收之前，任何移民星球所掌握的知识以农耕文明为上限，这也正好对应着伽利略之前的时代。也就是说，验收之前先行者会掌握完备的经典几何知识，会有朴素的物质元素观念，能够有浅显的农业和医学知识，但不知晓牛顿定律，也不明白天上的星星是些什么东西。因为里海星的特殊情况，之前地球委员会已经预料到可能会发生意外，但没想到出现问题的居然会是伽利略封印。

“他们知道牛顿的运动三定律了吧？”何夕尽量保持语气平静。

“是的。”中央电脑说，“十六年前大船在海啸中受损，为了尽快修复，我解开了牛顿定律的封印。”

“那热力学三大定律呢？”

“很抱歉先生，这是能源应用中必须用到的。”

何夕沉默了几秒钟，小心翼翼地问：“那麦克斯韦方程呢？”

“电磁学、相对论、量子论以及虫洞理论没有解禁。”中央电脑说。

何夕吁了口气，看来情况还不算无可挽回。其实等到验收完毕，这一切都不是问题，从现在掌握的情况来看，验收应该不会有大的意外。何夕打定主意，等验收完毕就把这段插曲删掉，毕竟中央电脑也是在与地球失去一切联系的情况下采取的应急措施。按照章程，应该将这台违规的中央电脑格式化后重新编程，但何夕不打算那样做，他内心里有点喜欢上了这个自作聪明的胖家伙，尽管它实质上只是一台由“0”和“1”驱动的智能机器。

“先行者说的圣地是怎么回事？”叶列娜突然问道。

“十六年前那次大海啸中，大船受损，为了避免类似情况再度发生，我指挥先行者建造了一处海底停靠点。至于他们称之为‘圣地’，可能是基于对大船的敬仰。”

“那好吧。我的问题完了。”何夕觉得轻松不少，脸上露出笑容。

“但是我有一个问题。”中央电脑突然说。

“哦。”何夕的眉头一挑，“你问吧。如果我们解答不了，还可以跟地球委员会联系，求得他们的帮助。”

“不必，”中央电脑说，“如果你不能回答就算了。我想知道现在的里海星先行者还能不能得到改进。因为经过这么多年后，我发现在实践上有个别不太完善的地方。”

“基因设计是系统工程，对每个移民星系的基因设计至少要花费五年的时间来施行，要改变设计除非通盘重新调试。”何夕有些不耐烦地回答，他没想到会是这种幼稚的问题，“个别地方不完善没有多大影响，世界上从来都没有尽善尽美的设计。”

大船行进了十分钟后，海面上开始出现一些绿色的伞状漂浮物，先是三三两两，很快就变得密集起来。大的直径超过五米，小的也就几十厘米。

“这是海浮萍。”不等何夕询问，中央电脑便给出了解释，“这片海域是里海星的无风区，所以会聚集这么多。”

“里海星的植物有根吗？”叶列娜突然问道。

中央电脑迟疑了一秒钟，回答：“从我现有的资料来看，应该没有。这颗星球上的所有生物都处于漂浮状态。里海星海域的最浅处深度是八十三米，最深处超过十万米。”

“我好像看到天空中有鸟在飞。”何夕插话道。

“里海星没有同地球类似的鸟类，但是有类似昆虫的飞行生物。它们也可以在水面上停留，应该是从水生生物进化而来的。这些昆虫也是先行者的食物来源之一，据他们说，有一种大飞蝗的后腿烤制后很美味。”

叶列娜皱了下眉，似乎有些担心先行者会拿虫子来款待自己。何夕指着远处一块不断起伏的巨大黑影问：“那是什么？”

“那是土鲨。”中央电脑解答道，“根据研究，这个物种类似于地球上的鲨鱼，已经有差不多十亿年的历史了。”

“十亿年！”何夕倒吸一口气。他知道地球上某些种类的鲨鱼已经存在超过三亿年，是地球上最古老的物种之一，相比之下人类数百万年的进化史简直不值一提；实际上，地球的陆生物种存在时间都比海洋生物短得多。“经过这么长时间还没有灭绝，真可算是奇迹。”

“的确是奇迹。化石资料表明，这么久以来这个物种几乎没有什么变化。”中央电脑补充道，“也许是里海星的环境太平静了，进化的动力太小。”

“应该是这样。”何夕点点头，“地球上至今仍有一些人因为某些生物几千万年变化甚少而否定达尔文的进化论，其实这不过是因为这些生物几千万年来仍然很适应环境罢了。生物进化是因为生存环境带来的选择压力，看来水星球的确是生命的舒适摇篮。”

“我们已经到达坐标位置附近。现在开始下潜。”随着中央电脑的提醒，穹顶外陡然一暗，片刻之后四周已是一派海底风光。阳光透过海浮萍的缝隙照射下来，形成道道明亮的光柱。光柱中大片悬浮的巨型海藻漂来漂去，宛如无根的森林。

“它们虽然没有根，但在下部却普遍长有一团沉重的组织体。”何夕对叶列娜说，“这是许多水星球植物的共有特点，以此来调节自身在水中的高度。”

“我们已经发现上百种植物具备初级运动能力，它们可以通过蠕动部分枝干缓慢前进，以便选择适合生存的环境。”中央电脑补充道。

“那是什么？”叶列娜突然指着一个方向问道。何夕望过去，立刻看到了奇怪的一幕。在一丛巨型海藻的中部呈现一团膨大的物体，就像生出了一个直径十来米的卵。在轻浪起伏中，这个巨大的物体缓缓漂荡，阳光照射在上面，波光流动，熠熠生辉，就像一件用翡翠雕琢的艺术品，散发出一种梦幻般的不真实感。一时间，何夕不禁看得有些痴了。

“那是花房。”中央电脑的语气保持着固有的平静，“是孩子们用巨型海藻建造的，他们喜欢待在里面。”

话音未落，便看到两个小巧的身影像游鱼般从花房里冲出来，他们有些惊慌地望向大船，脸上混合了羞涩和不安。何夕一眼看出他们的年龄都只有十五六岁，看来大船的到来打搅了一对小恋人的幽会。

“是秋生和星兰。”中央电脑说道。

两个大孩子镇定了些，他们向着这边嘴唇翕动。

“他们在说什么？”叶列娜问道。

“我们听不到的，在水底他们发出的是一种次声波语言。”何夕解释道。

“他们说刚才有一批银贼鱼袭击牧场，大人们都赶过去了。”中央电脑说。

何夕犹豫了一下，问道：“这些人都有名字吗？难道用编号不好吗？”

“从二十年前开始，第一代先行者给自己起了名字。”中央电脑回答道，“当时起名一般是根据各自的特点自行选择，其实更像是将原来的绰号确定为了名字。比如李高原来的绰号就叫高个子。不过，现在孩子们的名字就正规多了。”

“孩子。”何夕念叨了一声。在验收之前，这本来是不该存在的事物，但二十年的联系中断改变了许多事情。不过这也只算小小的意外吧，从另一个角度看，这些孩子也是先行者的一部分。

窗外开始掠过一些悬浮在水中的、结构精巧的建筑。这些建筑都呈六棱柱形，有些是单独的，而更多的则相互拼接成更大的建筑。这些建筑连绵开去，占据了很大一片空间，俨然就是一座海底城镇。可以想见，平日里这儿应该是一派熙熙攘攘的景象，不过现在大多数人都赶到牧场了，只有稀疏的十多个人有些好奇地望向大船。

“这里就是里海星的城市吗？”叶列娜问道。

“目前还只能称作聚居点，现在在里海星有几个这样的聚居点。”中央电脑说，“我们的人口还很少。”

“那现在先行者总共有多少人？”何夕仿佛不经意地问，“加上那些孩子。”

“原有先行者四千人，现在加上孩子总共是八千七百五十四人，其中不包括几十年来因为意外事故丧生的人口。”

“从二十年前算起，人口年增长率大约是百分之四。”何夕在电脑上做了个简单的演算。

“需要建设的东西有很多，劳动力明显不足。”中央电脑继续汇报，“机器人大多出现故障，备用零件已经告罄。”

“这都是意外造成的。正常情况下，里海星二十年前就已经解除了伽利略封印，现在早该有自己的制造体系了。”何夕理解地点点头，“不过这一切就快改变了。”何夕转头望向叶列娜，“让这颗蛮荒星球沐浴在文明的光辉中，这就是我们的使命。”

叶列娜身躯微震，她从何夕的语气里感觉到了一种坚定不移的决心。在拿到乐土计划书的时候，她就已经知道了自己此行的目的，但在此之前，她更多地将这看成自己必须完成的一项任务，和此前曾经执行过的那些任务虽有区别，但本质并无不同。然而，这段时间的经历让叶列娜有了不一样的感觉，她意识到自己的人生已经和这次任务密不可分，她甚至没来由地隐隐觉得，自己的命运也会随之改变。叶列娜其实不喜欢这种似乎带有神秘意味的感觉，但她无法摆脱。

# 八、圣地和死亡

一个明显的减速过程之后，大船停了下来，窗外昏暗的光线表明这里已经在海平面下几十米的深处。

前方的地板缓缓打开，现出一列向下的台阶。“请你们跟着李高前进。前方也有我的终端，你们可以随时同我交流。”中央电脑保持着例行公事的腔调。

甬道里的照明条件很好，何夕注意到墙壁的材质类似于地球上的花岗岩，每隔一段距离就矗立着一根粗壮的显然是人工材料的支柱作为加固。何夕估算了一下，从离开大船起已经又向地底深入了几十米，在这样的深度，任何海啸都不再成为威胁。

眼前豁然开朗。这是一个圆形大厅，在正中的平台上悬浮着一个直径约一米的淡蓝色球体，何夕觉得那应该是代表里海星的雕塑。

中央电脑胖胖的头像再次出现在前方的一块屏幕上，旁边站着三个身着黑衣的人。

叶列娜突然满脸惊奇地望向何夕，仿佛不知所措。何夕完全明白叶列娜何以如此，因为他自己也感到震惊——面前居中的那人长得同他颇有几分相像，年龄也差不多，就像是他的一个失散的兄弟。那人脸上也同样浮现出吃惊的表情，显然他也颇感意外。

“我叫秦忘。”那人恢复了平静，“先行者编号 17。在这里大家也叫我酋长，欢迎来自地球的尊贵客人。”

何夕立时明白，经过这么多年之后，先行者中间已经产生了自己的领袖，看来秦忘就是这样的人物。“那好，中央电脑应该告诉过你我们的来意。另外纠正一下，我们似乎不应该算是客人吧。”

叶列娜悚然一惊，她这才想起，最初收到的信息里称他们为“客人”时，何夕好像也是满脸不悦。

秦忘脸上掠过一丝不易察觉的尴尬：“我这么说只是出于尊敬，我们已经盼望太久了。我们以现有的力量在里海星生存显得太弱，迫切需要来自联邦的帮助。”

何夕脸色缓和了些，一路过来他的心情早已轻松了许多，到现在为止没有什么不满意之处，看来此行的任务会很顺利。“这里是什么地方？你们称这里为圣地有什么含义吗？”

“这里是我们的议事厅。”秦忘解释道，“圣地是大家的习惯称呼，并没有什么特别含义。”

何夕环顾四周：“这里有监控设备吗？就是那种可以从远处看到这里的东西。”

“没有。”秦忘很肯定地答复。这个回答让何夕满意，其实叶列娜身上就带有检测设备，刚进来时就已经向他发出了安全信号，他向秦忘提问只是一次小小的试探罢了。

秦忘迟疑了一下后开口道：“按章程似乎你们还应该有一个人的。”

对方主动提到章程规定，让何夕感到很踏实，他也觉得是时候让范哲登陆了，毕竟范哲在里海星计划里也是不可替代的一分子。“我现在就下令让范哲登陆，让大船接他过来。”何夕兴奋地转头看着叶列娜，“里海星计划正式开始了。”

秦忘谦和地点头：“我现在就去安排。”

范哲一进门就高声大嚷：“你们肯定不相信我看到了什么，那些用巨型海藻编制的房子是我这辈子见过的最漂亮的别墅。还有……”

“好啦好啦。”叶列娜打断他，“还有巨大的海浮萍是吧？少见多怪。”

“原来你们也看到了。”范哲挠挠头，“不过有个东西你们肯定没见过，我在飞船上可是观测到几十米的潜艇……”

“那是土鲨吧。”叶列娜哈哈大笑，“里海星尚处于农耕时代，哪来的什么潜艇？”

“先别说这些了。”何夕忍不住打断了两个年轻人的斗嘴，“我们还有正事要办。你们不会忘了自己此行的任务吧？”

叶列娜脸色变得有些奇怪：“当然没忘，不就是让我和范哲来此地和亲吗？而你这所谓的领路人其实就是个星际媒婆。”

何夕陡然一滞，在叶列娜嘴里，至高无上的乐土计划竟然成了老古董式的“和亲”，自己也成了媒婆，可细想这话却让人无从辩驳，一时间他竟然有些哭笑不得：“这个，乐土计划事关全人类未来的福祉。”

“我知道，宪章上讲了的。”叶列娜接过话头，“如果人类永远困守地球，那么必将走向灭亡，因为像超新星爆发、小行星撞击、高能实验事故、生化事件、太阳灾变等无法预料的偶然事件随时可能在未来某一天毁灭全人类。只有实施乐土计划，才能让人类散布宇宙，永世长存。”

“对啊。”何夕语气变得郑重，“能够在这样伟大的事件里承担一份责任是我们的荣幸。”

范哲幽幽地看了眼叶列娜：“我们知道这是自己的使命，其实从看到计划内容的时候起，我就觉得自己和以往不同了。我们注定将承担很多以前不明白的东西。”

“二十年前，我曾经有过同你们一样的感受。”一层薄雾浮现在何夕的眼里，“而且由于另外的某个原因，我的感受比你们更加刻骨铭心。”何夕停顿了一下，似乎对该不该吐露这个尘封已久的秘密有些犹豫。

“发生了什么事情？”叶列娜突兀地问，她的脸上若有所悟。

“事情很简单，当年我爱上了一位姑娘。但不幸的是她也是乐土计划的成员之一，所以注定了这是一个不会有结局的故事。”

范哲忽然轻轻问道：“那她也爱你吗？”他的目光有些飘忽地瞟着叶列娜。

何夕一怔，说：“我想是吧。其实我们认识的时间并不长，但怎么说呢？也许感情的确是世界上最盲目的事情吧。当时我看着她乘坐的飞船在视线里渐渐模糊直至消失，觉得自己心里的一部分也在那一刻永远地随她而去了……”

何夕突然停住话头四下张望。“你们听到什么了吗？”他的脸上浮现出极度困惑的神色。

“我也听到了，好像是一声女人的叹息。”叶列娜回应道。

范哲有些茫然地立着，他没有听到什么，但是四周的情况却让他紧张起来。不知何时四壁的门已经全部紧闭，范哲上前试图打开那些门，但全都失败了。

叶列娜惊呼道："快看，那些烟雾！"

何夕这才发现房间里已经充斥了一层淡淡的雾气，与此同时，范哲身上的便携仪器也亮起了红灯。"天哪，是神经毒气梭曼！这样的浓度三分钟内就能置人于死地。"范哲大叫起来。

何夕这才发现自己铸成了大错。当初在飞船上收到的信息里，先行者称他们为"客人"，按照《乐土宪章》，所有移民星球在验收之前是不能被视作人类家园的，但先行者的这种称谓却有以"主人"自居的意思，也就是说，他们已经视里海星为家园了。这个细节本来让何夕有所警觉，所以他安排了范哲留守飞船，但后来的接触让他感到放心，因而放松了警惕。现在看来，里海星上的确发生了奇怪的事情，说不定范哲观测到的真是潜艇之类的东西。中央电脑的程序肯定被人动过手脚，对方是做了有意的安排，等到他们聚齐之后才采取行动。但何夕不清楚先行者这样做究竟是为什么，现在看来这将是一个永远的谜了。屋子里的三个人脸色惨白地面面相觑，眼睛里都是难以置信的绝望。死亡，就这么来临了，在这遥远的异星之上；不仅诡异，而且不明不白。

在意识离开何夕之前的最后一瞬，划过他脑海的是一个奇怪的念头：那声叹息怎么那么熟悉？之后，纯粹的黑暗袭来，将一切吞噬。

# 九、当年情

这就是死亡吗？像飘浮在云团里，又像是沉浸在温暖的海水中。斑驳的光影在眼前四处跳荡，宛如一幅让人不明就里的抽象画。

“不——”何夕突然大叫一声醒来，这才发现自己躺在一张柔软的椅子上，而且，第六感清晰地告诉他旁边有一个女人。这个判断很快有了依据，因为何夕立刻发现一个纤弱的身影就伫立在他的面前。

即使是最擅于想象的人，在面对命运的安排时也常常感到意外，谁都不知道会在什么时间以及什么地点遭遇哪些无法预料的人和事。当于岚的身影突然映入何夕眼帘时，他真切地感到这句话无比正确。二十年的隔膜在那个瞬间被穿透了，何夕突然觉得天地间恍若无物，只剩下了他们两个人。多年前的伤口还一直隐隐作痛，但现在那个人居然回来了，她穿透的不仅是时间，还包括死亡。

何夕此时还不知道，与于岚的重逢最终将成为他生命中第二道痛入骨髓的伤口，而且永世难愈。

“是你吗？”何夕喃喃地问，“如果不是我有着坚定的无神论信仰，那我一定会认为这是在天堂里的重逢。”

“是我。”于岚温柔地回答，眼里充满欣喜。

何夕四下张望，发现这里是大船的主控室，现在已近黄昏，太阳的光线变得柔和，绚丽的云彩挂在天边。但他没有看到范哲和叶列娜。

“他们现在很安全。”于岚仿佛看透了何夕的心思，“如果再晚一点可能就……”她止住话，似乎仍然心有余悸。

“我不明白发生了什么事。”何夕犹疑地开口，“好像我们差点死了。但这怎么可能呢？一切都很正常啊。是不是发生了什么故障？”

于岚没有开口，像是没有听见何夕的话，但谁都能看出她眼里的喜悦发自内心。

“当年的事故里你不是已经死了吗？”何夕急促地问，几乎与此同时，一道灵光自他脑海里闪过，他猛然想清楚了一些事情，“我知道了，并没有什么事故，一切都是假象。”

于岚迟疑了一下，终于点头承认了何夕的猜测。

但是何夕心中的疑虑更甚：“可为什么会这样？是先行者扣留了你们吗？”

“怎么可能呢？”于岚摇头，“他们都是善良而无害的，老实说，地球人在他们面前，至少在道德层面上肯定会感到自卑的。”

“但那个警报信息又是怎么回事呢？那可是你亲自发出的。”

“马维康和加滕峻并不是死于脉冲星辐射，”于岚幽幽地说，“而是死于一次突发事件。当时我同他们发生了激烈的争执，先行者站在我这一边。他们两人先动手杀死了几十位先行者，但是最终寡不敌众。我是后来才发出的那条信息。”

何夕彻底震惊了，他没有想到二十年前竟然发生过这样惨烈的一幕："是什么事情竟然发展到这种地步，难道不能协商解决吗？"

"不能。"于岚冷酷地说，"事关生死存亡，没有调和的余地。当时马维康和加滕峻正准备向地球发送里海星任务彻底失败的信息。"

何夕倒吸一口气，他当然知道这个信息意味着什么。乐土计划实施以来还从未发生过这种情况，一旦信息发出，其后果的确不堪设想。

"是那种情况发生了吗？"何夕平静了些。

"就是那种情况。"于岚的神色变得古怪，她一字一顿地吐出剩下的四个字，仿佛那是一句可怖的咒语，"生殖隔离。"

虽然有所预感，但这几个字还是像重锤一样打在了何夕的心上。"这怎么可能？我一直以为《乐土宪章》里关于这一条的规定只是某种为了法律完备性而准备的条款，没想到真的会发生这种情况。要知道，每个先行者方案都是经过至少五年时间、上千次实验才确定的。"

于岚的思绪已经回到了二十年前："当时我们顺利到达了里海星，这里世外桃源般美丽的风光让我稍稍觉得安慰。我想就这样忘了过去吧，开始新的生活。"于岚的神色变得有些迷茫，"后来的事情都是按部就班的，加滕峻与他的心上人一见钟情，而我居然遇到了一位和你颇有几分相像的先行者……"

# 十、非人

于岚苏醒的时候，发现自己正好同何夕掉了个儿，自己躺到了椅子上，而何夕正注视着遥远的天边若有所思。

“你醒了。能告诉我现在我们所处的方位吗？”何夕俯身下来，眼里是毫不掩饰的关切之情。

“我们现在就在圣地的上方，先行者称这里为圣地是因为我住在这里，我没有抵抗辐射的基因，多数时候都生活在海底。”于岚起身，“他们对我当年的行为充满感激，对我充满尊敬。他们是知道感恩的人。”

何夕点头表示理解，二十年来于岚遗世独立，对里海星的确付出太多，同时他也听出了于岚话中的维护之意。“我相信他们都是善良的，但他们是异种，这是不可否认的事实。”

于岚沉默了好一阵，像是在思考某个问题。“你看到这个了吗？”她突然指着桌台上一座半米高的拱桥模型说，“里海星上没有河流的概念，当然也不会有桥这种东西，这个模型是我平时摆着玩的，解解闷。”于岚说着话，用手轻轻一拂，拱桥立刻散落成十几块大大小小的零件，“这座桥没有用黏合剂，完全是靠零件契合成型。你试试能还原吗？零件上面有编号，你可以按顺序来搭建。”

虽然何夕不明白于岚为什么突然扯到这个模型上，但他还是依言摆弄起那堆零件来。何夕知道于岚的老家是中国南部著名的水乡，那里有很多这样的石拱桥，少女时的于岚曾经日日从桥上走过。何夕想象着那时的于岚伫立桥上看风景是怎样一副纤弱的模样，而现在的她却只能在一百六十八光年之外摆弄一座石桥的模型，不知为何，这样的联想突然让何夕有些心酸。何夕定定神，将注意力放到眼前，所谓零件其实就是一堆梯形的塑料块。何夕试了几次都失败了，模型总是在垒到一定程度的时候崩塌掉。何夕有些郁闷地盯着这堆不听话的零件，从道理上讲，这应该是件很容易的事情，这些零件的形状肯定是能够契合成一座拱桥的，就像他刚才亲眼见到的一样，而且也的确和现实中的拱桥一样，不需要什么黏合物。

“你不会成功的。”于岚意味深长地开口，“零件一块不少，但你会发现你的工作总是进行到某一个时刻就崩溃了。”她从抽屉里拿出一个盒子，“你做不到只是因为还缺少一些东西，这个盒子里面的构件可以用来搭建脚手架。翻开拱形桥建筑手册你就会发现，在造桥之前你需要搭建脚手架之类的辅助设施，但这些东西最后会被拆除，不留一点痕迹。”

“为什么和我说这些？”何夕若有所思地问，他觉得自己正在接近某个隐藏的真相。

于岚的眼睛变得很亮：“其实建造这座桥的过程和人类的进化非常相似。这本来是进化应有的常态，三十多亿年里，我们身体的所有构件其实都经历了这样的过程。那些曾经出现但最终消失了的部件并不是无用的，没有它们也就不会有现在的人类。但是我们现在对先行者的改造却完全违背了这种自然规律，跳过了所有的中间环节。人类凭借强大的科学技术，直接依据移民星球的环境需要，设计制造出了先行者。”

“你说先行者是非自然产物，是吗？”何夕问。

“先行者完全是纯粹计算的产物。”于岚的脸上闪过一丝悲戚，“他们不过是根据移民星球的环境倒推得到的产品罢了。在地球委员会的眼里，他们就是一群小白鼠，根据人类的需要被送到一个个开拓地。出于开拓的需要，他们先天就被赋予各种特殊的能力，但是这些能力却可能在几十年后给他们带来灭顶之灾。”

何夕沉默了好一会儿才开口道：“你说的这种极端情况并没有出现过。”

“只能说在里海星之前没有出现过。”于岚直视着何夕的眼睛，“技术不是万能的，它不可能预见到所有的情况。你认为里海星先行者会面临怎样的结局？”

何夕感到喉咙发干：“宪章……《乐土宪章》里提到过。”

“宪章。”于岚的语气冷得像冰，“要我背给你听吗？这些年里我早就把宪章翻烂了。不错，《乐土宪章》里写满了公理正义，它的每句话听起来都代表了人类文明的最高法则，让人无从辩驳。它对所谓移民失败的先行者只说了两个字：抹除。”

“实验总有失败的可能，既然明知是失败了……”何夕艰难地吞了口唾沫，“这也是迫不得已的做法。”

“问题在于里海星先行者们真的失败了吗，”于岚逼视着何夕，“你看到过他们，连同他们的孩子。这么多年来，他们自由自在地生活在这颗星球上，没有任何不适应的地方，他们建立了自己的家园，同万物谐和；没有大的灾难，他们还能这样活一百万年。你看到过孩子们建造的那些花房吗？”于岚眼里放射出动人的光泽，“我觉得它就像是一件美轮美奂的艺术品，是这颗蛮荒星球上最动人的事物。你敢否认自己曾经被它打动吗？”

“是的。”何夕低声说，“那些花房的确非常漂亮。还有，那些孩子也非常可爱。他们让我想起了自己的女儿。真的，我真的这样认为。”

“但是按照宪章的定义，他们都是失败的样品，应该完全不留痕迹地被抹除掉。就因为他们同我们产生了生殖隔离。”于岚话锋一转，“可这能怪他们吗？是人类在操纵这一切。”

“从生物学意义上讲，他们的确不能被称作人类了。”何夕肯定地说，“我承认这是人类犯下的错误，看来最严密的设计方案也会有出错的时候，毕竟人类还没有洞悉基因的全部秘密。这里发生的一切已经证明里海星的环境超出了某个阈值，适合生存的先行者将注定异化成非人类。按宪章规定，这颗星球在抹除先行者后也不会再用于移民，它将成为又一个死海星。”

# 十一、蓝色的雪

“你已经决定了吗？”于岚幽幽地问，一丝奇异的光芒在她的眸子里浮动。

何夕努力控制自己的目光不要四处躲闪，他知道从道理上讲，自己没必要感到一丝愧疚，恰恰相反，他现在正是站在绝对正确的立场上。“我明白你的心情，这的确不是一个容易下的决心。但是我们不能被感情左右，那些先行者……他们……他们的确已经不能算作人类。”

“不——你不会明白的！”于岚突然歇斯底里地大叫道，“你还是站在最狭隘的立场上看待眼前的一切。我认识这里的每一个人，熟悉他们的音容笑貌。秦忘很腼腆，李高喜欢在女人面前吹牛，星兰正在为自己长得太瘦发愁……他们体内的基因有百分之九十七和我们完全相同，他们和我们一样有智慧、有灵魂，还有——梦想。他们不是机器，不是小白鼠，他们是有血有肉的人！你明白吗？”

何夕面色惨白地看着这个狂躁的女人，一言不发。等于岚平静一些后，何夕慢慢开口道：“他们不是人类。按照界、门、纲、目、科、属、种的划分，我想他们最多只能到灵长目人科，到不了人属和智人种，他们和我们不是同一物种，生殖隔离是最有力的证明。我们同他们的差别之大也许超过了同为猫科动物的猎豹和非洲狮之间的差别，想想吧，只要有机会，草原上的雄狮会毫不犹豫地杀死并吞食猎豹，反过来也是一样。”何夕的喉结艰难地动了一下，“我们和黑猩猩也有百分之九十几的基因相同啊。所以……他们不是人，他们是绝对的异类。”

于岚颓然坐倒在椅子上，她的理智告诉她何夕说的都是对的。

“人类很幸运，掌握了虫洞这种超越时代的伟大技术，得以一窥浩瀚宇宙的面貌。而更幸运的是，在运用这种技术的过程中，人类还没有遭遇到智能胜过自己的可怕异类。但在开拓异星的过程中，人类却可能创造出这样的异类，谁敢保证某一天它们不会向创造者举起屠刀？”何夕冷酷地说。

“不会的，不会这样的。”于岚无力地嚅动着嘴唇，头上的乌丝剧烈地摆动着，“他们很善良，我一直教育他们对地球怀有感恩之心。”于岚仿佛抓住了一根救命稻草一般抬起头来，“我会告诉他们地球是他们的根，我会让他们永远记住这一点。他们永远不会对抗人类的。”

何夕有些怜惜地看着憔悴的于岚：“永远是什么？世界上有永远的事情吗？人类的历史你应该比我清楚。现代欧洲人都来自非洲，但当他们的后代在十五世纪重返非洲时，带去的却是无尽的杀戮……”何夕露出残酷的表情，“他们双方还属于同一物种，人类自己的历史已经证明了一切。我承认现在的里海星先行者都是善良而无害的，而且我内心里甚至很喜欢他们。但是，人类绝对不能冒险去养大一个拥有智能的异族。”

“看来你真的是决定了！”于岚有些失控地嘶喊道，“你一定认为我是一个被感情冲昏了理智的巫婆，我已经当过一次人类公敌了，我不怕再当一次！”

“别这样。”何夕扶住于岚瘦削的双肩，“你已经尽力了，里海星先行者的命运是注定的，真相不可能被永远隐瞒下去。只要地球联邦知道了里海星发生的事情，就算倾全人类之力也会消灭这些先行者的，这是自然界的铁律。”

“但是，如果能多给先行者一些时间，再给他们几十年时间，我可以教给他们更多的知识，让他们拥有自己的先进技术，他们就能进步到足以同人类抗衡的程度。”于岚突然痛苦地抓扯头发，脸上是无所适从的绝望，“天哪，我说错了，我在说些什么啊？他们永远都不会同人类对抗的，不会的。”

“你说出的正是真理。”何夕知道现在不是心软的时候，于岚已经陷入得太深，他有义务唤醒她，“其实你自己早就看到了一切，只是不愿意承认罢了。”

于岚一步一步朝门外退去，脸上混合着无助与决然：“你们都是屠夫，我不会让你们毁灭这里的一切的。”

“你打算怎么做？就像二十年前一样？让先行者们撕碎我？”何夕脸上挂着冰凉的笑，仿佛想掩饰什么，“我知道他们现在就在外面，他们的武器应该比二十年前先进多了。”

“求求你别逼我。”泪水从于岚眼中不可遏制地流淌而下。一边是曾经的挚爱，另一边则是她必须保护的生命。一时间，她仿佛听到了自己的心碎裂滴血的声音。

“是时候结束一切了。”何夕突然扬了扬手，“就在二十分钟前，也就是你昏厥的时候，地球委员会已经收到了关于里海星情况的报告。我们马上就会看到他们做出了怎样的决定。”

“这不可能。启动量子通信至少需要两个小时，你在骗我。”于岚难以置信地摇头。

“也许真的有所谓宿命的存在，出于某种难以说清的原因，我在几个小时前就让范哲启动了量子通信。”何夕接着说，“我如实地描述了里海星的状况，其中也包括你所强调的里海星先行者的‘善良’和‘无害’。地球委员会是最终的决定者，现在一切都已不可更改，我想再过几分钟我们就能知道里海星的宿命究竟是什么了。”

于岚不再说话，实际上何夕的话已经让她完全僵立。何夕缓步上前温柔地环住她的肩膀，然后他们一同望向外面的黄昏，就像一对正在看海的亲密恋人。

在一百二十公里的高处，虫洞飞船以黑丝绒般的太空为背景缓缓滑过。飞船核心处有一个内部冷到极点的黑匣，里面的温度甚至低于宇宙的背景辐射。在这样的温度下，运动几乎停止了，就连电子这种不可捉摸的轻子也表现为黏滞的状态。

突然，像是获得了某种古怪的魔力，其中一些电子开始无视低温的禁锢执着地骚动起来，它们迈开了奇异的舞步。电子的舞蹈并不是无意义的，它们跟随亿兆公里之外的孪生兄弟的脚步，拼出了一条无比清晰的指令。几秒之后，虫洞飞船整个儿震颤了一下，在指令的召唤下，它的周围伸出一圈发着蓝光的管子，就像是一头从沉睡中苏醒的怪兽正在舒展四肢。

何夕看见很多道流星般的亮迹破空而至，在黄昏的天空中显得夺目非凡。进入大气层之后，亮迹急速地湮灭，与此同时，无数淡蓝色的雪花开始飘落，这幕无声的场景美得令人窒息。

“终结者病毒……他们终于做出了决定。”于岚喃喃开口，她的脸上一片幻灭。

何夕没有说话，在这个时候，语言根本没有任何意义。他知道这场雪会持续下十二个小时，直到这颗星球的每个角落都覆盖足够的病毒。对应于每种先行者都预先设计有一种终结者病毒，它们是高度特异定向化的，一种病毒只能感染并杀死对应的先行者，而当先行者全部死亡后，病毒自己也无法存活。按照实验结果，先行者受攻击后存活率不会超过四万分之一，而现在整个里海星的“人口”不足一万，也就是说，这是一次彻底的饱和歼灭行动。

## 十二、人生不相见

时间已是凌晨，在两个月亮的辉映之下，可以看到近处的雪花仍在稀稀疏疏地飘洒着，这幅静谧的图景让人很难将其与大规模的死亡联系在一起。

“原来这就是里海星的宿命。”何夕再次提起话头，于岚像现在这样一言不发已经十个小时了。

“他们都死了，对吗？”于岚突然开口，这让何夕觉得稍微放心了些。

“终结者病毒攻击神经系统，感染者将很快因为神经系统瘫痪而窒息死亡。”何夕小心翼翼地说，“这是一种快速的低痛苦死亡方式，有些类似于氰化物中毒。现在先行者应该都已经死去了，就算个别潜入深海的先行者也只是感染得稍微晚一些而已。”

于岚机械地走到十米外的控制台边坐下，何夕知道从那里可以跟踪到每一位先行者，但于岚现在的举动已经毫无意义，在屏幕上，她只会看到八千七百五十四个一动不动的小点——那是先行者横陈的尸体。

“一切都结束了。”于岚从控制台前站起，脸上一片麻木，“从里海星被发现算起已经过去五十多年了，在这颗星球上发生过那么多故事，而现在一切又回到原点，就像是做了一场梦。”

“至少我们一起看到了结局。”何夕指向天空某一处，“从这里看过去太阳系只是一个暗淡的白点，但那里是全人类共有的家园。在这个冗长的故事里，最幸运的一点就是经历了那么多事情，我们的家园还在。”

于岚突然叹了口气，像是有所触动：“知道吗？以前我觉得所谓的星座只是古人奇特想象力的组合，但现在我却不这样想了。也许其中真的隐藏着某种我们永远无法彻底弄明白的东西，它超越了所谓的定理，也超越了人类全部的理解能力。”

何夕哑然失笑：“怎么，我们的生物学博士改行研究哲学了？”

于岚转头看着何夕：“就像现在，我们站在这个位置上，能看到太阳系连同半人马座还有旁边的群星，你看它们像什么？喏，稍微把头偏左一点……”

何夕凝视着那个方向，饶有兴致却不以为意。然后，天地间突然沉寂了，何夕感到有滚烫的泪水从眼里涌出——他看到了一个小小的摇篮，下面是篮身，上面有一条提臂，那颗火红大星则是悬挂点……小小的摇篮就那么孤单地悬挂在这广袤无垠的宇宙中。

从这个位置上，何夕也看到了在地球上永远无法与猎户座同时看到的天蝎座群星，火红的大星便是天蝎座 α 星，中国古人称之为“大火”，曾经专门设立“火正”一职观察它的位置以确定节气。天蝎座群星参与了太阳系摇篮的组合，这幅图景是那样美妙绝伦，但仿佛又蕴含着人类智慧永远不能理解的无尽深意。

良久之后，何夕回过头来。“我们该回家了。”何夕爱怜地望着于岚并加重了语气，“是我们两个人的家。”

“回家。”于岚像有所触动地重复一句，“我也想回家，但我再也回不去了。”

何夕有些意外：“虽然你违背了《乐土宪章》章程，但毕竟没有铸成大错，我想联邦政府也不会太为难你的，我有把握替你脱罪，至少会是很轻的判决。”

“你认为我们还能回到从前吗？不可能的。里海星改变了我的一生，我已经同这里的一切有了永远无法分离的血肉联系。太阳系是人类温暖的摇篮，但孩子已经长大了，是到放手的时候了，不应该让摇篮成为永远的桎梏。正是几万年前来自非洲的先行者闯进旧大陆，才有了后来人类历史中一幕幕壮丽的篇章，我想终有一天你会明白的。先行者们不在了，但是我要留在这里，用我剩下的生命守护他们无根的灵魂，不然我怕他们会迷路。”于岚转头凝视着何夕，星星在她的眸子里闪烁着动人的光芒，“我们的人生分开得太久也太远了，就像参宿与商宿，东升西落，已经无缘相聚。”

于岚说完这番话，将身体从何夕的围抱中抽出，轻轻地，然而也是决绝地步入了门外的黑暗。剩下何夕一个人孑然伫立，仿佛一尊雕像。

## 尾声　最后的音节

登陆舱缓缓升腾，越来越高，渐渐成为湛蓝天空中一个不可见的小点。于岚面无表情地注视着这一幕，这时主控室的地板滑开，两个纤细的身影扑进于岚的怀里大声啜泣，过去的十多个小时，他们就像是生活在炼狱里。于岚紧紧搂住两个吓坏了的孩子，就像是搂着两件失而复得的珍宝。几个小时前她在主控室里看到了两个移动的小点，也许是恒星辐射的缘故，这两个孩子竟然产生了抵抗终结者病毒的突变，也就在那一瞬间，于岚不动声色地做出了决断。

“虫洞跳飞进入倒计时。”叶列娜向一直失魂落魄的领路人汇报，忍不住提醒一句，“还有十分钟时间，如果想道别请抓紧。”

这时她猛地瞪了范哲一眼说，“跟我出去呀，真是没脑筋。”

范哲稍愣，随即听话地跟着出了门，他正好也有许多话想对叶列娜说。

屏幕上的于岚已经不复先前憔悴的模样，似乎还淡淡地化了妆，看上去明艳照人。“我已经在这里等了好一阵儿了，我知道你会来的。”

“还有几分钟飞船就会启动，这一别恐怕今生都无法再见了。”何夕深深凝视着于岚，似乎想将她的容颜镌刻在自己的视网膜上，“我会在亿兆公里之外想你的。”

“我也是。”于岚柔声道。

何夕迟疑了一下，似乎在做什么决定，末了他平静地开口道：“照顾好秋生和星兰。”

于岚悚然一惊，脸色一下变得苍白：“你、你说什么？”

“虽然你离开的时候关闭了控制台，但是后来我破译了启动密码，所以我知道有两位幸存者。很巧的是，我居然见过这两个孩子，他们很可爱。我一直在回想你说的那番话。”何夕稍稍停了一下，“我现在终于明白放手也是一种爱，而且是宇宙间最深沉的爱。我知道该怎么做，不会有人知道这一切，也不会有人来打扰你们。别了，我的里海星女神。”

“谢谢你，我会守护着他们，不让他们迷路。”于岚眼里流露出依依不舍的神色。永世的分别就在眼前，两人透过屏幕痴痴凝望，口唇微动中，不知不觉吟诵的正是那已经刻入彼此灵魂的诗句：

人生不相见，动如参与商。

今夕复何夕，共此灯烛光。

泪水在两张面庞上聚集成行肆意流淌，将心中无尽的块垒抚平。

少壮能几时，鬓发各已苍。

……

昔别君未婚，儿女忽成行。

前尘旧事在何夕眼前一一晃过，地球上的初遇、二十年的分离、短暂的重逢，还有这永远的长别。无数慨叹滑过心头，这一刻就像是历尽一生。

十觞亦不醉，感子故意长。

明日隔山岳，世事两茫茫。

炫目的闪光突然亮起，模糊了眼前的一切，宣告这个冗长的故事走到了终局。而空气中还剩下那最后的音节，在相隔亿兆公里的两端盘桓、萦绕。

何夕

# 浮生

吾所以有大患者，为吾有身。
及吾无身，吾有何患？
——老子《道德经》

# 一、正世界

灰灰感到眼前骤然划过一片闪光，与此同时，那种冰凉的柔软感迅速地从他的掌心里滑脱。

他甚至还来不及品味这番变化带给自己的惆怅，正世界的光线已经明亮地布满了他的整个视野。

灰灰低头注视着自己像真空一样稀薄的右手，想要找到一点那种冰凉的柔软感所留下的痕迹，但是他看到的只是一些枝丫般交错的脉管平淡无奇地在紫色的表皮下面跳动着。这样的注视对灰灰来说已成为一种习惯，他曾经试图改掉但却从未成功。

四周是极度的空旷，那些散布飘荡的菌丝般的亮质不仅没能消除反而扩大了这种空旷感。灰灰嘬住其中的一丛亮丝，顿时有股暖流从他的口腔走遍全身。这时他看见自己的手臂开始微微发蓝，他知道这样的变化将一直持续下去。因为这是在具有负熵的正世界，任何系统的熵值都会从负一亿变成负一万、负一千、负一百……越来越大，直至零。熵对应着无序，熵的增大意味着失去秩序，就像墨水在清水里漾开，就像时间一去不回。随着熵的增长，灰灰的身躯最终会变成像进入暮年的红巨星一样的颜色。

灰灰并不是很清楚自己刚才吮进嘴里的那些亮丝的能级有多

强，他不像别人一样讲究这个，不过凭感觉估计，那种亮丝的能级比他自身的能级要高出不少，在正世界里这意味着他的熵将减缓变大的速度，也就是说他可以在正世界里停留更多的时间。按理说灰灰应该为此而高兴，但他只过了几秒钟便再也提不起兴致，他知道这都是因为那种冰凉的感觉。灰灰想到这一点时感到了无可名状的悲伤，几滴雾状的泪珠渐渐自他的眼角沁了出来，使得他体内的熵曲线产生了一个不大不小的向上脉冲，他身上的蓝色正逐渐清晰。

遥远的、包容一切的天幕上有无数的恒星正在增长着它们的熵，灰灰根据此处的星空看不出关于方位的指示。实际上他从来就不关心自己在什么地方。当然，如果不求准确的话他倒是可以说自己是在宇宙里，但这显然没有什么意义。灰灰摇摇头，不打算继续思考这个没有意义的问题。尽管此时灰灰心中因那种冰凉感觉所激起的惆怅还没有消散，但他知道用不了多久自己就能摆脱这种感觉，正如以前无数次的情形一样。

灰灰用力叫喊一声，清越的声音涟漪般远去。严格来讲灰灰发出的只是电磁波而非声波，但灰灰也不知道自己为何偏爱沿用声音这种说法。与此同时，灰灰扭摆了一下身体，开始以光的速度向宇宙的深处渗透。

# 二、负世界

莺莺的手依然紧握成一团，手臂僵直地伸向前方，仿佛被一条无形的线牵引着。仅仅在片刻之前她的心中还装满了快要溢出来的欢乐，当时她完全忘记了分离的时刻正随着灰灰紫色的手臂越来越烫而变得越来越近，并最终成为现实。

莺莺是最后一个印证$E = mc^2$这个伟大公式的人，这是她父亲敖敖的安排。敖敖让全世界的九十亿人在两百年里为莺莺做了九十亿次实验，证明一切无误后，冷库里的莺莺才从一场漫长的冬眠中被唤醒，并在一阵莫名其妙的闪光之后变得轻灵无质。没人有资格去责怪敖敖的偏心，因为他就是第一位受试者。其实就算有人想责怪他也办不到，敖敖早已在首次实验中灰飞烟灭了。

莺莺低头看着自己修长的红色身躯，耳边仿佛又听见了灰灰那如絮的私语。

“你的颜色很特别，是一种让人感到光滑和柔软的嫩红。真好……”

莺莺记得灰灰说这话的时候伸出了紫色的手在她嫩红的肌肤上抚摸着，让她在心里产生了一千个挣脱的念头，但身体却只是不争气地颤抖。当时她真想大声说自己就是莺莺，但她实在没有把握灰灰是否还记得两百年前的相识，尽管对莺莺来说这段时间并不算真正存在过。

莺莺还记得灰灰跟随着她的父亲敖敖走进转换实验室时，自己就站在不远处茫然无措地看着他们，她还用力呼喊了几声，但他们显然没有听见。只有敖敖的另一名助手艾艾看到了莺莺眼中的泪水，递给她一张纸巾。莺莺当时很想冲过去告诉他们自己有多么不舍，十九岁的她其实已经把全部亲情交给了敖敖，同时把全部的爱情交给了灰灰。但是莺莺最终没有说一个字，因为她知道，和全人类梦寐以求的目标相比，一个十九岁少女的情怀实在过于渺小、不值一提。

莺莺叹口气，一种疲倦的感觉使她不自觉地嘬住那些飘荡的亮丝，她知道这种疲倦正是在刚才灰灰紧紧抱住自己时形成的。她记得当天地易位般让人目眩神迷、灵肉沸腾的一切终于平息下来之后，自己轻轻说了声“我是莺莺”，而接下来灰灰的表情便像一张定格的胶片般再难从莺莺的脑海中抹去。灰灰无法置信般地愣住了，而后两百年的时光阻隔在霎时间如同一张薄纸被洞穿而过。灰灰的眼睛告诉莺莺，他的精神已经回到了两百年以前。于是，在莺莺的心中溢满巨大的幸福感，她终于知晓两百年前的那个少女一直都活在灰灰的心中一隅。也就在这个时候，灰灰灼热的紫色手臂开始以不可思议的速度自她手中滑落……

四周静极了，只有星子们在不知疲倦地眨动着眼睛，它们中有许多现在看上去还很暗，但在未来的亿万年里所有的星星都会越来越亮，因为这是在有正熵的负世界，任何体系的熵都将越来越小直至为零。也就是说秩序正在建立，物质间的温差会不断增大。对任何体系和任何人而言，熵在零点的时刻都是一种极致的平静，这时内部的一切运动都因能量的终极平衡而冻结了。那一刻无所谓存在也无所谓死亡，实际上没有人知道那一刻究竟有多久以及究竟发生了什么事，能记得的只是眼前划过一片闪光，随即那些刚才还能亲眼见到、亲手触到的东西都如同镜子的反光一样，消失得无影无踪，而无所不在的命运之手已将自己抛在了另一个世界的另一个不可知的地方。

莺莺怔怔地环顾四周的穹隆，心中陡然升起无尽的悲伤。她知道灰灰其实就在这片穹隆里，甚至有可能就在她伸手可及的地方，但她却无法感知他。因为灰灰是在正世界里，那里的普朗克常数是正数，而莺莺现在所在的负世界却具有负的普朗克常数。普朗克常数其实是一个很小的数，如果写出来的话就是 6.626 乘以 10 的负 34 次方，单位是焦耳·秒，它是构筑宇宙的最基本单元。

这时一颗很小的彗星从莺莺面前划过，它看上去行动迟缓，这是因为此刻它正好和莺莺朝着同一个方向飘荡。透过冰封的外壳，莺莺看到了彗星深色的内核，她止不住想那也许就是彗星的大脑，进而她又想到彗星如果有知，它一定认为它在宇宙无数星体的引力作用下的穿梭都出于自己的意志。想到这里，莺莺终于哭出了声，那哭声在空旷无垠的宇宙空间显得婉转之极，如同传说中的风铃。莺莺的身躯已经变得黄灿灿的。

莺莺不知道自己何时能再次遇到灰灰，只知道经验值是一分钟左右有一次机会与其他人在可感知的距离上相遇。按照这样的概率，只要她和灰灰没有被黑洞或是巨型恒星吞没，那么他俩一万到两万年后还有可能见面，但莺莺不知道这个时间让自己感受到的究竟是希望还是绝望。

# 三、底牌

灰灰的飞驰实际上刚刚开始便停了下来，准确地讲，这段时间的长度其实是零，但对别的事物来说这可能是一段相当长的时间。因为在飞驰的刹那，灰灰以光的速度存在着，时间、空间对他来说都如白驹过隙般毫无意义。

灰灰停下来的原因是疲倦，这种极限的飞驰令他的熵过快地增长，他看见自己的肌体已变得碧绿，就像是传说中的草的颜色。他实在想不起自己这次有没有经历过蓝和绿之间的青色，但他马上意识到这个问题其实也没有什么意义。于是他转而去想自己要多久以后会遇到另一个人。按经验是大约一分钟，但有时却又连十秒钟都不到。灰灰以前就遇到过类似的情况。但紧跟这种情形之后的往往是一两个小时都遇不到一个人。当然，这里所说的时间是按低速运动的状态来计算的。概率是一块坚硬而固执的铁，它不动声色却非常有效地让每个人知道一分钟遇到一个同类才是合理的安排。

灰灰的老师敖敖是第一个揭示永恒的秘密的人。在他之前，人们以为永恒只是一个不可企及的梦幻。太阳升起来就会落下，时间一去不复返。再坚硬的石头也会风化，直到成为一堆细沙。所有的粒子都会衰变，哪怕是半衰期超过 $10^{35}$ 年的质子。再曲折的故事只要开始了就只能朝着结束的方向奔去。但是这一切都因敖敖而改变了，因为他发现了负世界。敖敖证明了那些人们以为逝去了的东西其实只是换了另外的方式存在，正世界每一份失去的秩序都在负世界里得到相等的补偿，反过来情形也是一样。敖敖的方程式证明宇宙是两个此消彼长、相互嵌套的理想弹簧，自洪荒时便相拥相抱直至永恒。

是的，宇宙由两个弹簧组成，处在其中的任何一方都只能看到时光飞驰一去不回，但只要将两个弹簧连在一起就会发现永恒。一个世界里的星星越来越暗淡的时候，另一个世界里的星星却越来越明亮。当一切发展到终点的时候却发现终点消失了，因为一个世界的某次结束正是另一个世界的一次开端。这一切正好印证了中国古人所说的“否极泰来”，就像一个人向北直行，却在跨过北极点的一瞬间发现自己突然改变了方向。当敖敖明白这一点时立刻知道什么事情发生了，他面对着方程式呆呆地看了半晌，然后说了五个字：“上苍的底牌！”

在灰灰的记忆里，那真是一段充满希望与幸福的时光。敖敖的发现是打开所有秘密最关键的一把钥匙，就像是翻过了最高的一座山峰后剩下的全是一马平川。新的补充性发现每天不断传来，有的意思很明确，有的却让人一时无法明白。但是随着时间的流逝，一幅全新的气势恢宏的图卷越来越清晰地展现在人们面前。

在知道答案以前，灰灰常常为一个问题所困扰，那就是宇宙中为何会产生像生命与智慧这样的东西。相对于无机体而言生命是多么脆弱啊，一个生命艰难地诞生、成长，甚至还特意进化出感受痛苦的器官。智慧几乎同生命一道诞生，它是这架生命机器上最重要的一个部分，即使是没有神经系统的草履虫也知道躲避染墨的液体。生命一旦产生就如同水银泻地，在每个角落肆意彰显自己的非同寻常。但是，与这幅美妙图景对应的却是一个无比冷酷的事实，即所有生命行程的最后都将回到它的起点：一堆杂乱无章的无机物。恐龙化为石头，森林变成煤炭，祖先葬身坟茔……这一切就像上苍有意埋设了一个不可理喻的死结。而敖敖的发现恰如一把打开死结的钥匙，让人类洞察到那些隐匿的秘密。既然宇宙双生，那么生命唯有在两个世界之间跳转方能得到永恒。于是，生命在诞生于地球三十八亿年之后，终于化身为了纯能……

灰灰止住回忆，望向空间的一隅。在数万公里之外，同类激起的一道讯号引起了他的注意。如果不愿理睬，灰灰可以在一秒内遁至三十万公里之外。不过，这次的讯号似乎来自异性，灰灰选择了回应。性别产生的初衷显然是为了繁殖，对于已经拥抱永恒的纯能生命而言，性别已经变得没有意义。但是，现在的纯能生命依然保留着性别的区分，以及……快乐。

## 四、永恒

一万年过去了。

在广袤的太空中没有日月轮回，时间似乎不再重要。但实际情况恰恰相反，生命不仅保留着生物钟机制，还遵循时常高速运动导致的相对论效应。因此就总体而言，纯能生命感知的时间刻度和一万年前在地球上时并无二致。

莺莺急速地飞驰，避开几分钟前察觉到的那道急切而贪婪的讯号。一万年来她周游万方，然而由于光速的限制，她的足迹依然囿于银河系的范围。严格来说只有正世界的这个星系才是银河系，在负世界的对应位置上只有一个质量相近但空间规模略小的无名星系。一万年来莺莺遇见过无数人，也曾同其中的某些个体有过亲密的接触。刚才那道讯号的频率似曾相识，在莺莺的记忆中那不是一次友善的会面。莺莺并不明白纯能生命脱离繁殖目的之后还有何必要保留欢愉的能力，但一万年来的经历隐约告诉她，欢愉似乎是一件重要的事情。

有一个现象曾经困扰过无数的智者，那就是生命在变得越来越复杂精巧的同时却也越来越脆弱。原始的细菌在诞生三十八亿年之后仍是地球生物圈的霸主，而那些远比细菌高级的物种却早已生生灭灭了无数个世代。人类的文明也遵循相同的规律，最高级、最精密的仪器总是需要最苛刻的环境和最细致的维护，而两百万年前的旧石器却还保持着最初的面貌甚至功能。就连宇宙本身最初也是一锅浸泡着夸克的能量汤，至今尚无任何理论能够预言夸克的寿命。而后这锅能量汤中开始形成质子、原子、分子，直至比夸克复杂亿万倍的氨基、蛋白质、核酸、DNA……一百三十八亿年来，宇宙产生出越来越复杂、越来越高级的结构，但这些结构却越来越脆弱、存在时间也越来越短暂。这就像一个亘古的悖论，一直存在却无法得到解释。直到敖敖发现了那个方程式，生命才突然从这条不归路的前端拉出一道惊悚的折线，转向截然不同的方向……

人类的纯能化并非一帆风顺，实际上直到现在仍然有人留在地球上保持着物质之躯，艾艾便是他们的领袖。艾艾是敖敖最得力的助手，但也是他最主要的反对者。他俩有过无数次的争论，敖敖说纯能化是人类的终极宿命，是人类摆脱灭绝命运的正确选择；而艾艾却说能量不过是宇宙间最原始、最低级的形态，纯能化是违背一百三十八亿年宇宙进化规律的大倒退，纯能化的人类终将失去存在的意义。虽然这样的争论每次都以艾艾的退让收场，但就连敖敖也知道艾艾其实从未服膺。虽然敖敖的主张获得了绝大多数人的认同，但艾艾也有自己的追随者，纯能派和家园派见解迥异却一直相安无事。在纯能派开始实施转化计划的同时，艾艾的追随者们也建立了自己的组织——“绿色伊甸园”。就在第一批纯能人离开后不久，“绿色伊甸园”掌握了一种叫作“布朗虫”的纳米科技，能够修复机体细胞，从此，保持物质身躯的个体也不再衰老和死亡。现在，地球已变成“绿色伊甸园”组织的乐土，实际上两百年后为莺莺打开冬眠舱的人正是艾艾，除了目光变得更加睿智，他的容貌与莺莺记忆中并无二致。现在纯能生命和“绿色伊甸园”就像生命之树上长出的两个枝丫，各自舒展，互不相干。

讨嫌的讯号消失了，莺莺停止飞驰。她看见自己的皮肤正由蓝转青，一个人在正世界或负世界留滞的时间通常为十天左右，按照敖敖的计算，正世界和负世界正处于各自运转的中期，这时它们虽然一个膨胀一个坍缩，但总体规模相差不大，而在遥远的未来，它们都将到达各自的“极点”。在人类以前的科学理论中常常出现一个叫作“奇点”的概念，代表人类智慧理解力的边界。但在敖敖发现的伟大方程式里，不可理喻的“奇点”消失了，转为智慧可以理解的“极点”，在那里发生的情况类似于穿越南极或北极时的情形。由于正世界和负世界在空间范围上存在一定差异，跳转后的空间位置总是会有一个偏移量，这加深了纯能生命每次面对新世界时的陌生感。不过有一种熟悉的感觉一直保留着，那就是人类的欢愉。跳转的生命已经变得无限，理论上甚至可以跨越双生宇宙的“极点”直至永恒。但这立刻就会触发一个古老的疑问：如果没有死亡，生命可有意义？莺莺至今还记得一万年前的某个夏日午后，当艾艾突然问起这个问题时敖敖脸上泛起的困惑。

生生不息的繁衍曾是人类接近永恒的唯一方式，但当无尽的时间成为前提，繁衍的意义便消失了。而当这个逻辑进一步推进，甚至会隐隐威胁到存在本身。竞争、好奇、炫耀、审美……这些在过去亿万年里将人类送上进化之巅的行为正在变得无足轻重，乃至像艾艾说的那样“失去意义”。不过，也许是生命的孑遗过于强大，又或者是敖敖无心的设定，纯能生命在舍弃物质躯壳之后却保留了欢愉。这似乎毫无必要，也没有人明白这究竟意味着什么。

忽然，莺莺朝着某个方向侧目，一丝让她心悸的讯号不期而至。

## 五、纪念

前方异性的讯号没有远遁，这让灰灰变得亢奋起来，一股潮湿的感觉从心底泛起。纯能生命相互感知的距离不超过一光分，大约二十秒之后灰灰见到了一个碧绿的身影，然后他立刻僵立在原地……

亿万年过去了，星系停止了转动，世界化为了乌有，静谧的荒园成为万物归宿。不明来由的旋律充斥了灰灰的耳孔，满天星光在他眼前旋转，幻化成无数亮迹。一切都变得不那么真实，就像是在梦中。

不，只是一瞬间。灰灰定了定神，一万年前的那个袅娜少女就站在他的面前。

“你……好吗？”灰灰的声音微微颤抖。

莺莺表情冷漠：“我……很好。能有什么不好呢？我们……是纯能。”

“哦，当然，能有什么不好呢。”一万零两百岁的灰灰搓着红色的手，像一个瑟缩的青年。

一阵沉默。

“那么，你找到了吗？”莺莺突然问道。

“找到什么？”

莺莺迟疑了一秒钟，说：“艾艾向我父亲提出的那个问题的答案。”

灰灰仓促间本能地点点头，但立刻又摇头。

莺莺脸上笑容淡然：“想不到人类获得了光的自由，在宇宙中穿梭了一万年，那个问题却依然没有答案。”

灰灰突然感到一丝惭愧，他想否认，但发现不知如何开口。虽然敖敖并没有明确交代过什么，但灰灰知道那个问题必定是老师一个很大的心结。

“也许，我是说也许，”莺莺语气变得有些幽微，“并不存在所谓的答案吧。你说呢？”

“也可能答案真的存在，”灰灰镇定了些，“但对人类而言却是不可知的。”

“那么，这么多年，你孤独吗？”莺莺突然换了话题。

灰灰表情一滞。长久以来他似乎没有想到过这个问题，由于光速的限制，即使过了一万年，除了极少数矢志从事探险的人之外，人类的大部分仍然分布在银河系的一隅，偶尔还会碰见地球时代就相熟的人。但由于合作早已失去意义，纯能生命的交流变得无比纯粹和简捷，更像是地球时代人际关系的一丝遗存。时间无尽，欢愉无尽，相聚无尽，离别……也无尽。

“我不知道。”灰灰沉默半晌后说，“我没有想过。”

“哈哈。”莺莺干涩地笑了一声，“这么久才见面，不说这些了。看你的颜色，这次估计还会是你先跳转吧。”

灰灰瞄了眼自己越发鲜红的身躯，突然想起一万年前的那场相遇，早已古井无波的心中掀起阵阵狂澜，不过他的语气还算平静：“如果保持现在这样的低速态，我在正世界还有一天半的时间吧。”

莺莺突然望向穹隆的一隅：“这里是正世界，地球就在那个方向。你回去过吗？”

灰灰急促地摇头。

“我也只在转换后不久回去看过一次。”莺莺似乎并不需要灰灰的回答，自顾自地往下说，“艾艾他们恢复了以前被破坏的生态，地球变得更干净，也更漂亮了，他们……很快乐。”莺莺脸上浮现出笑容，似乎想起了什么事情，“还记得以前我们在西班牙旅行时看到的埃尔-卡斯蒂略洞穴吗？”

“当然记得，那是公元前四万年人类祖先的遗迹，那应该算是人类最早的住宅了。我记得壁画上还印着原始人类的手模，你和艾艾在那图画前流连忘返。”

“艾艾他们在撒哈拉地区释放了布朗虫，让它们自我复制后组成了一个我父亲的巨大手模，在太空中都能看到。”

灰灰身体一震：“想不到，艾艾会用这种方式纪念你的父亲。”

“艾艾虽然一直同我父亲争论不休，但我父亲肯定是他最敬仰的人。而且……”

“而且什么？”

莺莺抿了下嘴：“冬眠苏醒后，我发现艾艾有了一些变化，不再像以前那样果断而坚决，有时候甚至显得有些迷惘。”

“你想告诉我什么？”

“你觉得，关于那个问题，他们会有答案吗？”莺莺突然问。

灰灰愣了一下，没有回答。

“要不，我们去看一眼？”

## 六、地球之死

年龄：五十亿年。半径：七十万千米。中心温度：一千五百万摄氏度……

这是太阳，人类的“能源之母”。莺莺和灰灰有些目眩神迷地注视着这颗伟大的恒星，就像仰望着图腾一样。由于较长时间的高速运动，莺莺的身躯变得金黄，而灰灰则已是一片暗红，像是即将熄灭的炉膛。当然，莺莺和灰灰的目标是太阳身边的第三颗小石子，但当他们的视线朝向地球轨道时，两人同时惊呆了。

没有看到记忆中熟悉的蓝色星球，在太阳系第三颗行星的轨道上只有一个模样古怪的东西。猩红的岩浆带狰狞地缠绕在起伏不定的地表上，宛如一道道撕裂的伤口。海洋早已沸腾殆尽，温度稍低的陆地表面不断升腾着滔天的蒸汽。黑色山脉在地底能量的推动下夸张地隆起，顶端却在引力的作用下不断崩塌，坠落地面时溅起亮得刺目的岩浆巨浪。这样的场景遍布整个大地，而更令人恐惧的是天空中那道由无数碎块构成的黑色巨环，遮蔽了整个赤道，宛如一条象征死亡的绞绳……

地球死了！死在一条黑色绞索之下。

“怎么……会这样？”莺莺无力地低叹一声。

灰灰收回同样震惊的目光：“应该是彗星。撞击时间距现在也许不超过一个月。”

莺莺悚然回头：“他们努力过吗？”

“也许吧。”灰灰稍稍平静了些，“谁知道呢？但他们显然失败了。看起来整个地球都被撞击熔融，那个黑环是熔化物质溅入太空后形成的。”灰灰停顿了一下，“1994 年苏梅克-列维九号彗星的碎片曾经撞击木星，一些撞击点的面积远远超过地球。遭遇这种规模的撞击，艾艾他们……无法抗衡。”

莺莺凝望着地球的残骸，她想象着那些人最后的悲鸣与哀叹，想象着地球四十六亿年壮丽生涯终结的时刻，薄雾样的泪水从她眼中漫出，化为宇宙空间里的几缕亮丝。

“这是……”灰灰突然抓住飘荡过来的一块碎片，“是布朗虫！结构基本完好，不过受冲撞的影响，它们的内部指令全都失效了。”

莺莺扫视着灰灰手中的那团银色物质，心中不禁想到那也许曾是敖敖手模的一部分。纳米机器很普通，但布朗虫却是其中最为奇特的一种，因为它实际上是一种能源机器。1827 年英国植物学家布朗观察到花粉颗粒在水溶液中永不停止地运动。按照爱因斯坦等人的解释，这是由于水分子一刻不停地撞击水中物体，当物体较大时，来自各个方向的撞击因为概率而平衡，但对于花粉等尺度微小的物体，各个方向的撞击无法平衡，于是花粉将在溶液中表现为无规则的运动。水溶液只是一个特例，实际上只要有任意分子存在，且温度在绝对零度之上，布朗运动就永远不会停止。虽然这种运动在单个花粉层面非常明显，但无数花粉的运动叠加后将相互抵消，所以无法被人加以利用。在很长一段时间里，人们只将布朗运动用来解释分子运动，但当纳米技术获得突破后，一切变得不同了。纳米是十亿分之一米，花粉直径是这个数字的一千至一万倍。布朗虫体积同花粉近似，实际上每个布朗虫就是一个微型能源站，能够不断收集自身做布朗运动时产生的微小动能。获得的能量可以输送到外界，而如果周边环境能够提供必要的物质，布朗虫甚至可以复制出新的同类。这听起来似乎违背了热力学第二定律，但从敖敖发现负世界那一刻起，许多定律便被修正了。人类之所以发现热力学第二定律，不过是因为人类正好生活在一个膨胀的宇宙里。而对于一个正在坍缩的宇宙来说，其本身就是一个颠倒的热力学第二定律。

“我们……该走了。”灰灰放开手中的布朗虫团块，“答案不在这里。”

莺莺回过头来，眼睛里有灰灰不熟悉的东西：“我们还有事情要做。”

# 七、巨塔

背景是无限远也无限广阔的宇宙天穹，暗红色的地球静谧地转动着。在黑环的外侧，一个完美的四棱锥正在生长。有时会有两个人的身影突兀地出现在四棱锥旁边，有时候却只有一个。四棱锥保持着银色，而两个人影的颜色每次出现时都发生着变化。

“从现在开始，四棱锥的生长将变得很快。我们应该离它远一些。”灰灰有些担心地说。

莺莺下意识地点了下头。灰灰说得不错，布朗虫的自我复制遵循指数规律，起初极慢而后会越来越快，直至耗光周边资源。就像印度传说里的那个著名的棋盘麦粒问题，放满前二十个格子总共只消耗了一袋小麦，但接下来却需要天文数字的小麦才能填满全部六十四个格子。

灰灰望向四棱锥的底部，那里有无数条银色的细线伸出，延展到黑环和地球的残骸上。如果足够仔细，可以看出那些细线一直朝着四棱锥的方向流动。十来天前四棱锥还只有几毫米见方，而现在仅凭肉眼就能看出四棱锥的增长了。

“你确定它该是现在的形状吗？”灰灰忍不住又问了一次。

“最早的古埃及金字塔建造于公元前二千七百年左右，在近五千年里一直是地球上最宏伟的建筑之一。”莺莺像是在自言自语，“有人说金字塔是法老为自己修建的死后居所，也有人说是法老梦想登天的天梯。只是，”莺莺突地转头看着灰灰，“我觉得这些原因都太复杂太虚妄了，也许法老们有更简单也更真实的想法，他们和埃尔-卡斯蒂略洞穴里那些古老手模的制作者一样，只是在向世界证明一件事情。”

“你指什么？”灰灰没有注意到自己的声音有些发抖。

“他们曾经来过！”

灰灰的表情凝结了，他回味着莺莺的这句话，一时间竟然有些痴了。

“地球诞生了四十六亿年，地球生命历史三十八亿年，智能历史数百万年，人类文明历史几千年。可是，”莺莺甩了甩头，“如果某个外来观察者看到眼前这幅景象，他会知道曾经的这些吗？不，他不会知道。曾经发生过的一切，无论细菌或爬虫，无论倾轧或相扶，无论美好或邪恶，无论阴谋或爱情……全部都消失了，再无丝毫痕迹。”

“可我们还存在啊。”灰灰提醒一句，“现在看起来，老师是正确的一方。”

“是啊。我们还在。”莺莺呢喃道，“艾艾他们虽已永生，却因为物质的躯壳而被毁灭，也许我父亲早就预见了这种可能。只是……”

“只是什么？”

“艾艾不在了，但他的问题依然存在。宇宙诞生一百三十八亿年之后，人类突然逆行，回到宇宙中最单纯也最原始的能量状态，这到底包含了什么意义？”

灰灰迟疑地开口：“我们依然存在，这难道不够吗？”

莺莺露出惨淡的笑容："你看那里，对，就是月球。月球上的每块岩石都至少有四十亿年的历史了，它们一直存在着。还有微波背景辐射，它们已经存在了一百三十八亿年。"

"这不一样。我们能行动、能思维，我们有自由意志。"

莺莺眼中陡然放出奇异的光芒，竟然有些瘆人："别忘了，行动和思维不过是帮助人类生存的工具罢了。就像植物不能行动，那么疼痛等感觉以及思维对于它们就是完全无用甚至有害的东西。而现在，我们不再需要趋利避害，不再需要观察、谋算、攻击或逃跑。在这样的前提下，行动和思维又有何意义呢？一万年来我游历过无数的星球，最初的欣喜和新鲜感早已不再，现在就算超新星爆发的壮丽焰火也激不起我的丝毫兴趣。记得地球时代有许多人曾经沉迷于网络游戏，但慢慢地随着所有人的等级到达极限，所有的区域都被发现，一切便沉寂下来。不再有争战，不再有热血，甚至不再有情感……所有人只是习惯般漫无目的地游荡，整个游戏呈现出一片死气沉沉的氛围。而现在的我们就像身处这样的游戏里，唯一的区别是，服务器换成了宇宙本身。"

灰灰彻底地怔住了，他张开嘴，却发现自己根本无法说话。

"纯能生命诞生仅仅一万年，而离正世界和负世界到达极点大约还有一百亿年，在那之后，我们依然存在着。你来告诉我，这到底意味着希望还是——绝望？"

远处的棋盘麦粒游戏进入了下半场，四棱锥的规模开始以不可思议的速度增长。底端流动的细线变成了粗达千米的银色瀑布。黑环的一半已经消失，而地球残骸的四分之一也已被四棱锥吸收。到了这个阶段，布朗虫只需要再经过两次自我复制便将吞噬掉整个地球。四棱锥之前一直离地球有段距离，随着体积不断增大，它的底端现在已经扣在了地表上，就像从地表上隆起的一座巨型金字塔。永不停歇的分子运动为布朗虫提供源源不断的能量，仅仅过了几十分钟，又一次自我复制已经完成。现在，四棱锥的底端已经套住了整个地球赤道，像一张方形的巨嘴，准备享受最后的饕餮盛宴。

“我们该走了。”莺莺突然说了一句。

伴随着全体布朗虫的再一次复制，四棱锥终于完成了它最后的吞噬。以繁星闪烁的黑色天空为背景，一座银色巨塔矗立在了地球原本的位置上。随着它的自旋，万千星辰的光芒在它的四个侧面上不断幻化出曼妙的影像。由于周边物质已经变得稀少，布朗虫不再大规模复制，但分子运动提供的能量能够维系巨塔的存在并随时修复可能的损坏，直到永远……

巨塔静谧地旋转着，像是曾经的一颗生命星球留给宇宙的遗言：我——们——来——过！

## 八、尾声

两个暗红色的身影飘荡着渐渐远去。

“我们……去哪里？”

“我们……去找一个答案。”

陈楸帆

# 巴鳞

巴鳞身上涂着厚厚一层凝胶，再裹上厚度只有几纳米的贴身半透膜，来自热带的黝黑皮肤经过几次折射，星空般深不可测。我看见闪着蓝白光的微型传感器漂浮在凝胶气泡间，如同一颗颗行将熄灭的恒星，如同他眼中小小的我。

“别怕，放松点，很快就好。”我安慰他。巴鳞就像听懂了一样，表情有所放松，眼睑处堆叠起皱纹，那道伤疤也没那么明显了。

他老了，已不像当年，尽管他这一族人的真实年龄我从来没搞清楚过。

助手将巴鳞扶上万向感应云台，在他腰部系上弹性拘束带。无论用户往哪个方向以何种速度跑动，云台都会自动调节拘束带的方向与速度，以保证他不位移不摔倒。

我接过助手的头盔，亲手为巴鳞戴上，他那灯泡般鼓起的惊骇双眼隐没在黑暗里。

“你会没事的。”我用低得没人听见的声音重复，就像在安慰我自己。

头盔上的红灯开始闪烁，加速，过了那么三五秒，突然变成绿色。

巴鳞全身一僵，像是听见了刀磨得霍霍作响的羔羊。

* * *

那是我十三岁那年的一个夏夜，空气湿热黏稠，鼻孔里充斥着台风前夜的霉锈味。

我趴在祖屋客厅的地板上，尽量舒展整个身体，像壁虎般紧贴凉爽的藻绿色花纹石砖，直到这块区域被我的体温焐得热乎乎的，再就势一滚，寻找下一块凉爽的“阵地”。

背后传来熟悉的皮鞋敲地声，雷厉风行，一板一眼，在空旷的大厅里回荡，我知道是谁，可依然趴在地上，用屁股对着来人。

“就知道你在这里，怎么不进新厝吹空调啊？”

父亲的口气柔和得不像他。他说的新厝是在祖屋背后新盖的三层楼房，全套进口的家具、电器，装修也是镇上最时髦的，还特地为我辟出来一间大书房。

“不喜欢新厝。”

“你这个不识好歹的傻子！”他猛地拔高了嗓门，又赶紧低声咕哝几句。

我知道他在跟祖宗们道歉，便从地板上昂起脑袋，望着香案上供奉的祖宗灵位和墙上的黑白画像，看他们是否有所反应。

祖宗们看起来无动于衷。

父亲长叹了口气：“阿鹏，我没忘记你的生日，从岭北运货回来，高速路上遇到事故，所以才迟了两天。”

我挪动了下身子，像条泥鳅般打了个滚，换到另一块冰凉的地砖上。

父亲那充满烟味儿的呼吸靠近我，近乎耳语般哀求：“礼物我早就准备好了，这可是有钱都买不到的哟！”

他拍了两下手，另一种脚步声出现了，是肉掌直接拍打在石砖上的声音，细密、湿润，像是某种刚从海里上岸的两栖类。

我一下坐了起来，眼睛循着声音的方向，那是在父亲的身后，藻绿色花纹地砖上，立着一个黑色影子，门外膏黄色的灯光勾勒出那生灵的轮廓，如此瘦小，却有着不合比例的膨大头颅，就像是镇上肉铺挂在店门口木棍上的羊头。

影子又往前迈了两步。我这才发现，原来那不是逆光造成的剪影效果，那个人——如果可以称其为人的话——浑身上下，都像涂上了一层不反光的黑漆，像是在一个平滑正常的世界里裂开一道缝，所有的光都被这道人形的缝吞噬掉了，除了两个反光点，那是他那双略微凸起的眼睛。

现在我看得更清楚了，这的的确确是一个男孩，他浑身赤裸，只用类似棕榈与树皮的编织物遮挡下身，他的头颅也并没有那么大，只因为盘起两个羊角般怪异的发髻，才显得尺寸惊人。他一直不安地研究着脚底下的砖块接缝，脚趾不停蠕动，发出昆虫般的抓挠声。

“狗鸦族，从南海几个边缘小岛上捉到的，估计他们这辈子都没踩过地板。”我失神地望着他——这个或许与我年纪相仿的男孩，他身上的某种东西让我感觉怪异，尤其是父亲将他作为礼物这件事。

“我看不出来他有什么好玩的，还不如给我养条狗。”

父亲猛烈地咳嗽起来。“傻子，这可比狗贵多了。如果不是亲眼看到，你老子可不会当这冤大头。真的是太怪了……”他的嗓音变得缥缈起来。

一阵沙沙声由远而近，我打了个冷战，起风了。

风带来男孩身上浓烈的腥气，让我立刻想起了某种熟悉的鱼类，一种瘦长、乌黑的廉价海鱼。

我想这倒是很适合作为一个名字。

＊＊＊

父亲早已把我的人生规划到了四十五岁。

十八岁上一个省内商科大学，离家不能超过3小时火车车程。

大学期间不得谈恋爱，他早已为我物色好了对象——他的生意伙伴老罗的女儿，已经换过庚帖了。

毕业之后结婚，二十五岁前要小孩，二十八岁要第二个，酌情要第三个（取决于前两个孩子的性别）。

要第一个小孩的同时开始接触父亲公司的业务，他会带着我拜访所有的合作伙伴和上下游关系（多数是他的老战友）。

孩子怎么办？有他妈（瞧，他已经默认是个男孩了），有老人，还可以请几个保姆。

三十岁全面接手林氏茶叶公司，在这之前的五年内，我必须掌握关于茶叶辨别、烘制和交易的知识，同时熟悉所有合作伙伴和竞争对手的喜好与弱点。

接下来的十五年，我将在退休父亲的辅佐下，带领家族企业开枝散叶，走出本省，走向全国，运气好的话，甚至可以进军海外市场。这是他一直想追求却又瞻前顾后未能实现的人生终极目标。

在我四十五岁的时候，我的第一个孩子也差不多要大学毕业了，我将像父亲一样，提前为他物色好一任妻子。

在父亲的宇宙里，万物就像是咬合精确、运转良好的齿轮，生生不息。

每当我与他就这个话题展开争论时，他总是搬出我的爷爷，他的爷爷，我爷爷的爷爷，总之，指着祖屋一墙的先人们骂我忘本。

他说："我们林家人都是这么过来的，除非你不姓林。"有时候，我怀疑自己是否真的生活在二十一世纪。

＊＊＊

我叫他巴鳞，巴在土语里是"鱼"的意思，巴鳞就是有鳞的鱼。

可他看起来更像一头羊，尤其是当他扬起两个大发髻，望向远方海平线的时候。父亲说，狗鸦族人的方位感特别强，即便被蒙上眼，捆上手脚，扔进船舱，漂过汪洋大海，再日夜颠簸经过多少道转卖，他们依然能够准确地找到故乡的方位。

“那我们是不是得把他拴住，就像用链子拴住土狗一样？”我问父亲。

父亲怪异地笑了，他说：“狗鸦族比咱们还认命，他们相信这一切都是神灵的安排，所以他们不会逃跑。”

巴鳞渐渐熟悉了周围的环境，父亲把原来养鸡的寮屋重新布置了一下，当作他的住处。巴鳞花了很长时间才搞懂床垫是用来睡觉的，但他还是更愿意直接睡在粗粝的沙石地上。他几乎什么都吃，甚至把我们吃剩的鸡骨头都嚼得只剩渣子。我们几个小孩经常蹲在寮屋外面看他怎么吃东西，也只有这时候，我才得以看清巴鳞的牙齿，如鲨鱼般尖利细密的倒三角形，毫不费力地把嘴里的一切撕得稀烂。

我总是控制不住去想象那口利齿咬在身上的感觉，然后心里一哆嗦，有种疼却又上瘾的复杂感受。

巴鳞从来没有开口说过话，即便是面对我们的各种挑逗，他也是紧闭着双唇，一言不发，用那双灯泡般的凸眼盯着我们，直到我们放弃尝试。

终于有一天，巴鳞吃饱了饭之后，慢悠悠地钻出寮屋，瘦小的身体挺着饱胀的肚子，像一根长了虫瘿的黑色树枝。我们几个小孩正在玩“捉水鬼”的游戏，巴鳞晃晃悠悠地在离我们不远处停下，颇为好奇地看着我们的举动。

“捞虾洗衫，玻璃刺脚丫。”我们边喊着，边假装是在河边捕捞的渔夫，从砖块垒成的河岸上，往并不存在的河里，试探性地伸出一条腿，点一点河水，再收回去。

而扮演水鬼的孩子则来回奔忙，徒劳地想要抓住“渔夫”伸进河水里的脚丫，只有这样，“水鬼”才能上岸变成人类，而被抓住的孩子则成为新的“水鬼”。

没人注意到巴鳞是什么时候开始加入游戏的，直到隔壁家的小娜突然停下，用手指了指。我才看到巴鳞正在模仿“水鬼”的动作，左扑右抱，只不过，他面对的不是“渔夫”，而是空气。小孩子经常会学其他人说话，或模仿他们的肢体语言，来取乐或激怒对方，可巴鳞所做的和我以往见过的都不一样。

我开始觉察出哪里不对劲了。

巴鳞的动作，和扮演“水鬼”的阿辉几乎是同步的，我说几乎，是因为单凭肉眼已无法判断两者之间是否存在细微的延迟。巴鳞就像是阿辉在五米开外凭空多出来的影子，每一个转身，每一次伸手，甚至每一回因为扑空而沮丧的停顿，都复制得完美无缺，毫不费力。

我不知道他是如何做到的，就像是完全不用经过大脑。阿辉终于停了下来，因为所有人都在看着巴鳞。

阿辉走向巴鳞，巴鳞也走向阿辉，就连脚后跟拖地的小细节都一模一样。阿辉说：“你为什么要学我！”

巴鳞同时张着嘴，蹦出来的却是一堆乱七八糟的音节，像是坏掉的收音机。阿辉推了巴鳞一把，但同时也被巴鳞推开。

其他人都看着这出荒唐的闹剧，这可比“捉水鬼”好玩多了。

“打啊！”不知道谁喊了一句，阿辉扑上去和巴鳞扭抱成一团。这种打法也颇为有趣，因为两个人的动作都是同步的，所以很快谁都动弹不了，只是大眼瞪小眼。

“好啦好啦，闹够了就该回家了！”一只大手把两人从地上拎起来，又强行把他们分开，像是拆散了一对连体婴。是父亲。

阿辉愤愤不平地朝地上唾了一口，和其他家小孩一起作鸟兽散。这回巴鳞没有跟着做，似乎某个开关被关上了。

父亲带着笑意看了我一眼，那眼神似乎在说：“现在你知道哪儿好玩了吧。”

＊＊＊

“我们可以把人脑看作一个机器，笼统地来说，它只干三件事：感知、思考和运动控制。如果用计算机打比方，感知就是输入，思考就是中间的各种运算，而运动控制就是输出，它是人脑能和外界进行交互的唯一方式。为什么？”

在老吕接手我们班之前，打死我也没法相信，这是一个体育老师说出来的话。老吕是个传奇，他个头不高，大概一米七二的样子，小平头，夏天可以看到他身上鼓鼓的肌肉。据说他是从国外留学回来的。

当时我们都很奇怪，为什么留过洋的人要到这座小破乡镇中学来当老师。后来听说，他是家中独子，父亲重病在床，母亲走得早，没有其他亲戚能够照顾老人，老人又不愿意离开家乡，说狐死首丘。无奈之下，他只能先过来谋一份教职，他的专业方向是运动控制学，校长想当然地让他当了体育老师。

老吕和其他老师不一样，和我们一起厮混打闹，就像是好哥们儿。我问过他："为什么要回来？"

他说："有句老话叫父母在，不远游。我都远游十几年了，父母都快不在了，也该为他们想想了。"

我又问他："等父母都不在了，你会走吗？"

老吕皱了皱眉头，像是刻意不去想这个问题，他绕了个大圈子，说："在我研究的领域有一位老前辈叫唐纳德·布罗德本特（Donald Broadbent），他曾经说过，控制人的行为比控制刺激他们的因素要难得多，因此在运动控制领域很难产生类似于'A导致B'的科学规律。"

"所以？"我知道他压根儿没想回答我。

"没人知道会怎么样。"他点点头，长吸了一口烟。

所有人都觉得他待不了太久，结果，老吕从我初二教到了高三，还娶了个本地媳妇生了娃。正应了他自己那句话。

＊＊＊

我们开始用的是大头针，后来改成用从打火机上拆下来的电子点火器，“啪”一按，就能迸射出一道蓝白色的电弧。

父亲觉得这样做比较文明。

兜售巴鳞的人教了我父亲一招，如果希望巴鳞模仿谁，就让两人四目对视，然后给巴鳞“刺激一下”，等到他身体一僵，眼神一出溜，连接就算完成了。他们说，这是狗鸦族特有的习俗。

巴鳞给我们带来了无数的欢乐。

我从小就喜欢看街头戏人表演，无论是皮影戏、布袋戏还是扯线木偶。我总会好奇地钻进后台，看他们如何操纵手中无生命的玩偶，演出牵动人心的爱恨情仇，对年幼的我来说，那就像法术一样。而在巴鳞身上，我终于有机会实践自己的法术。

我跳舞，他也跳舞。我打拳，他也打拳。原本我羞于在亲戚朋友面前展示的一切，如今却似乎借助巴鳞的身体，成为可以广而告之的演出项目。

我让巴鳞模仿喝醉了酒的父亲。我让他模仿镇上那些身体不健全的人，疯子、没有四肢的乞丐、癫痫患者……然后我们一帮小孩躲在一旁笑得满地打滚，直到被各自的家长拿着晾衣竿在后面追着打。

巴鳞也能模仿动物，猫、狗、牛、羊、猪都没问题，鸡鸭不太行，鱼完全不行。

他有时会蹲在祖屋外偷看电视里播放的节目，尤其喜欢关于动物的纪录片。

当看见动物被猎杀时，巴鳞的身体会无法遏制地抽搐起来。

巴鳞也有累的时候，模仿的动作越来越慢，误差越来越大，像是松了发条的铁皮人，或者是电池快用光的玩具汽车，最后就是一屁股坐在地上，怎么踢他也不动弹。解决方法只有一个，让他吃，死命吃。

除此之外，他从来没有流露出一丝抗拒或者不快，在当时的我看来，巴鳞和那些用牛皮、玻璃纸、布料或木头做成的玩偶并没有太大的区别，只是忠实地执行操纵者的旨意，本身并不携带任何情绪，甚至是一种下意识的条件反射。

直到我们厌烦了单人游戏，开始创造出更加复杂而残酷的多人玩法。

我们先猜拳排好顺序，赢的人可以首先操纵巴鳞，去和猜输的小孩对打，再根据输赢进行轮换。我猜赢了。

这种感觉真是太酷了！我就像一个坐镇后方的司令，指挥着士兵在战场上厮杀，挥拳、躲避、飞腿、回旋踢……因为拉开了距离，我可以更清楚地看清对方的意图和举动，从而做出更合理的攻击动作。更因为所有的疼痛都由巴鳞承受了，我毫无心理负担，能够放开手脚大举反扑。

我感觉自己胜券在握。

但不知为何，所有的动作传递到巴鳞身上似乎都丧失了力道，丝毫无法震慑对方，更谈不上伤害。很快巴鳞便被压倒在地上，饱受痛揍。

“咬他，咬他！”我做出撕咬的动作，我知道他那口尖牙的威力。

可巴鳞似乎断了线般无动于衷，拳头不停落下，他的脸颊肿起。

“噗！”我朝地上吐了一口唾沫，表示认输。

换我上场，成为那个和巴鳞对打的人。我恶狠狠地盯着他，他的脸上流着血，眼眶肿胀，但双眼仍然一如既往的空洞无神。我被激怒了。

我观察着操控者阿辉的动作，我熟悉他打架的习惯，先迈左脚，再出右拳。

我可以出其不意扫他下盘，把他放翻在地，只要一倒地，基本上战斗就可以宣告结束了。

阿辉左脚迅速前移，来了！我正想蹲下，怎料巴鳞用脚扬起一阵沙土，迷住我的眼睛。接着，便是一个扫堂腿将我放倒，我眯缝着双眼，双手护头，准备迎接暴风骤雨般的拳头。

事情并不像我想象的那样。拳头落下来了，却软绵绵的，一点力气都没有。

我以为巴鳞累了，但很快发现不是这么回事，阿辉本身出拳是又准又狠的，但巴鳞刻意收住了拳势，让力道在我身上软着陆。拳头毫无预兆地停下了，一个暖乎乎臭烘烘的东西贴到我的脸上。

周围响起一阵哄笑声，我突然明白过来，一股热浪涌上头顶。那是巴鳞的屁股。

阿辉肯定知道巴鳞无法输出有效打击，才使出这么卑鄙的招数。

我狠力推开巴鳞，一个鲤鱼打挺，将他反制住，压在身下。我眼睛刺痛，泪水直流，屈辱夹杂着愤怒。巴鳞看着我，肿胀的眼睛里也溢满了泪水，似乎懂得我此时此刻的感受。

我突然回过神来，高高地举起拳头。

“你为什么不使劲！”

拳头砸在巴鳞那瘦削的身体上，像是击中了一块易碎的空心木板，咚咚作响。

“为什么不打我！”

我的指节感受到了他紧闭的双唇下松动的牙齿。

“为什么！”

我听见“刺啦”一声脆响，巴鳞右侧眉骨裂了一道长长的口子，一直延伸到眼睑上方，深黑皮肤下露出粉白色的脂肪，鲜红的血汩汩地往外涌着，很快在沙地上凝成小小的池塘。

他身上又多了一种腥气。

我吓坏了，退开几步，其他小孩也呆住了。

尘土散去，巴鳞像被割了喉的羊崽蜷曲在地上，用仅存的左眼睇着我，依然没有丝毫表情的流露。就在这一刻，我第一次感觉到，他和我一样，是个有血有肉甚至有灵魂的人类。

这一刻只维持了短短数秒，我近乎本能地意识到，如果之前的我无法像对待一个人一样去对待巴鳞，那么今后也不能。

我掸掸裤子上的灰土，头也不回地挤入人群。

＊＊＊

我进入Ghost模式，体验被囚禁在VR套装中的巴鳞所体验到的一切。

我/巴鳞置身于一座风光旖旎的热带岛屿，环境设计师根据我的建议糅合了诸多中国南部海岛上的景观及植被特点，光照角度和色温也都尽量贴合当地经纬度。

我想让巴鳞感觉像是回了家，但这丝毫没有减轻他的恐慌程度。

视野猛烈地旋转，天空、沙地、不远处的海洋、错落的藤萝植物，还有不时出现的虚拟躯体，像素粗糙的灰色多边形尚待优化。

我感到眩晕，这是视觉与身体运动不同步所导致的晕动症，眼睛告诉大脑你在动，但前庭系统却告诉大脑你没动，两种信号的冲突让人不适。但对于巴鳞，我们采用最好的技术将信号延迟缩短到5毫秒以内，并用动作捕捉技术同步他的肉身与虚拟身体运动，在万向感应云台上，他可以自由跑动，位置却不会移动半分。

我们就像对待一位头等舱客人一样，对他“呵护”备至。

巴鳞一动不动地站在那里，他无法理解眼前的这个世界与几分钟前那个空旷明亮的房间之间的关系。

“这不行，我们必须让他动起来！”我对耳麦那端的操控人员吼道。

巴鳞突然回过头，全景环绕立体声让他觉察到身后的动静。郁郁葱葱的森林开始震动，一群鸟儿飞离树梢，似乎有什么巨大的物体在树木间穿行摩擦，由远而近。巴鳞一动不动地凝视着那片灌木。

一群巨大的史前生物蜂拥而出，即便常识缺乏如我，也能看出它们不属于同一个地质时代。操控人员调用了数据库里现成的模型，试图让巴鳞奔跑起来。

他像根木桩般站在那里，任由霸王龙、剑齿虎、古蜻蜓、新巴士鳄和各种古怪的节肢动物迎面扑来，又呼啸着穿过他的身体。这是物理模拟引擎的一个bug（程序漏洞），但如果完全拟真，又恐怕实验者承受不了如此强烈的感官冲击。

这还没有完。

巴鳞脚下的地面开始震动开裂，树木开始七歪八倒地折断，火山喷发，滚烫猩红的岩浆从地表迸射，汇聚成暗血色的河流，而海上掀起数十米高的巨浪，翻滚着朝我们站立的位置袭来。

“我说，这有点儿过了吧。”我对着耳麦说，似乎能听见那端传来的窃笑。

想象一下：一个原始人被抛掷在这样一个世界末日的舞台中央，他会是一种什么样的感受？他会认为自己是为人类承担罪愆的救世主，还是已然陷入一种感官崩塌的疯狂境地？

又或者，像巴鳞一样，无动于衷？

突然我明白了事情的真相。我退出Ghost模式，摘下巴鳞的头盔，传感器如密密麻麻的珍珠凝满黑色头颅，而他双目紧闭，四周的皱纹深得像是昆虫的触须。

“今天就到这里吧。”我无力叹息，想起多年前痛揍他的那个下午。

* * *

我与父亲间的“战事”随着分班临近日渐升温。

按照他的大计划，我应该报考文科——政治或者历史，可我对这俩毫无兴趣。我想报物理，至少也是生物，用老吕的话说是能够解决“根本性问题”的学科。

父亲对此嗤之以鼻，他指了指几栋家产，还有铺满晒谷场、在阳光下碎金闪亮的茶叶。

“还有比养家糊口更根本的问题吗？”这就叫对牛弹琴。

我放弃了说服父亲的尝试，我有我的计划。通过老吕的关系，我获得了老师的默许，平时跟着文科班上语数英大课，再溜到理科班上专业小课，中间难免有些课程冲突，我也只能有所取舍，再用课余时间补上。老师也不傻，与其要一个不情不愿的学业表现中等偏下的文科考生，不如放手赌一把，兴许还能放颗卫星，出个状元。

我本以为可以瞒过忙碌在外的父亲，把导火索留到填报志愿的最后一刻再点燃。

当时的我实在太天真了。

填报志愿的那天，所有人都拿到了志愿表，除了我。我以为老师搞错了。

“你爸已经帮你填好了！”老师故作轻描淡写，他不敢直视我的双眼。

我不知道自己怎么回的家，像失魂的野狗逛遍了镇里的大街小巷，最后鬼使神差地回到祖屋前。

父亲正在逗巴鳞取乐，他不知道从哪翻出一套破旧的军服，套在巴鳞身上显得宽大臃肿，活像一只偷穿人类衣服的猴子。他又开始当年在军队服役时学会的那一套把戏，立正、稍息、向左向右看齐、原地踏步走……在我刚上小学那会儿，他特别喜欢像个指挥官一样喊着口号操练我，而这却是我最深恶痛绝的事情。

已经很多年没有重温这一幕了，看起来父亲找到了一个新的下属，一个绝对服从的士兵。

“一二一、一二一，向前踏步——走！”巴鳞随着他的口令和示范有模有样地踏着步子，过长的裤子在地上沾满了泥土。

“你根本不希望我上大学，对吗？”我站在他们俩中间，责问父亲。

“向右看齐！”父亲头一侧，迈开小碎步向右边挪动，我听见身后传来同样节奏的脚步声。

“所以你早就知道了，只是为了让我没有反悔的机会！”

“原地踏步——走！”

我愤怒地转身按住巴鳞，不让他再愚蠢地踏步，但他似乎无法控制住自己，军装裤腿在地上“啪啦啪啦”地扬起尘土。

我捧住他的脑袋，和我四目对视，一只手掏出电子点火器，蓝白色的弧光在巴鳞太阳穴边炸开，他发出类似婴儿般的惊叫。

我从他的眼神中确信，他现在已经属于我。

“你没有权力控制我！你眼里只有你的生意，你有考虑过我的前途吗？”巴鳞随着气急败坏的我转着圈，指着父亲吼叫着，渐行渐近。

“这大学我是上定了，而且要考我自己填报的志愿！”我咬了咬牙，巴鳞的手指几乎要戳到父亲的身上，“你知道吗？这辈子我最不想成为的人就是你！”

父亲之前意气风发的军姿完全不见了，他像遭了霜打的庄稼，耷拉着脸，表情中夹杂着一丝悲哀。我以为他会反击，像以前的他一样，可他并没有。

“我知道，我一直都知道，你不想一世都走着别人给你铺好的路……”父亲的声音越来越低，几乎要听不见了，“像极了我年轻时的样子，可我没有别的选择……”

“所以你想让我照着你的人生再活一遍吗？”

父亲突然双膝一软，我以为他要摔倒，可他却抱住了巴鳞。

“你不能走！你以为我不知道吗，出去的人，哪有再回来的？”

我操纵着巴鳞奋力挣脱父亲的怀抱，就好像他紧紧抱住的人是我。而这样的待遇，自我有记忆之日起，就未曾享受过。

“幼稚！你应该睁大眼睛，好好看看外面的世界了。”

巴鳞像是个失心疯的发条玩具，四肢乱打，军服被扯得乱七八糟，露出那黝黑无光的皮肤。

“你说这话时简直和你妈一模一样。”又一朵蓝白色的火花在巴鳞头上炸开，他突然停止了挣扎，像是久别重逢的爱人般紧紧抱住父亲。“你是想像她一样丢下我不管吗？”

我愣住了。

我从来没有从这个角度想过父亲的感受。我一直以为他是因为自私和狭隘才不愿意我走得太远，却没有想过是因为害怕失去。母亲离开时我还太小，并没有给我造成太大的冲击，但对于父亲，恐怕却是一生的阴影。

我沉默着走近拥抱着巴鳞的父亲，弯下腰，轻抚他已不再笔挺的脊背。这或许是我们之间所能达到的亲密的极限。

这时，我看到了巴鳞紧闭的眼角沁出的泪花。那一瞬间，我动摇了。也许在这一动作的背后，除了控制之外，还有爱。

* * *

有一些知识我但愿自己能在十七岁之前懂得。

比方说，人类脑部的主要结构都和运动有关，包括小脑、基底核、脑干，以及皮层上的运动区和感知区对运动区的直接投射，等等。

比方说，小脑是脑部神经元最多的结构。在人类进化中，小脑皮层随着前额叶的快速增大而同步增大。

比方说，任何需要和外界进行的信息或物理上的交互，无论哪种肢体动作——操作工具、打手势、说话、使眼色、做表情，最终都需要通过激活一系列的肌肉来实现。

比方说，一条手臂上有26块肌肉，平均每块肌肉有100个运动单元，由一条运动神经和它所连接的肌纤维组成。因此，光控制一条胳膊的运动，就至少有2的2600次方种可能性，这已经远远超出了宇宙中原子的数量。

人类的运动如此复杂而精妙，每一个看似漫不经意的动作中都包含了海量的数据运算分析与决策执行，以至于目前最先进的机器人尚无法达到3岁小孩的运动水平。

更不要说动作中所隐藏的信息、情感与文化符号。

在前往高铁站的路上，父亲一直保持沉默，只是牢牢地抓住我的行李箱。

北上的列车终于出现在我们眼前，崭新、光亮、线条流畅，像是一松闸就会滑进遥不可测的未知。

我和父亲没能达成共识。如果我一意孤行，他将不会承担我上学期间的生活费用。

“除非你答应回来。”他说。

我的目光穿过他，就像是看见了未来，那是属于我自己的未来。为此，我将成为白色羊群中那一头被永远放逐的黑羊。

“爸，多保重。”

我迫不及待地拉起行李箱要上车，可父亲并没有松手，行李箱尴尬地在半空中悬停着，终于还是重重地落了地。

我正要发火，父亲“啪”的一声在我面前立正，行了个标准的军礼，然后一言不发地转身走人。他说过，上战场之前不要告别，兆头不好，要给彼此留个念想。

我望着他渐渐远去的背影，举起手，回了个软绵绵的礼。那时的我并没有真正领会这个姿势的意义。

＊＊＊

“真没想到我们竟然会折在一个野人手里。”课题组组长，也是我的导师欧阳笑里藏刀，他拍拍我的肩膀，“没事儿啊，再琢磨琢磨，还有时间。”

我太了解欧阳了，他这话的潜台词就是“我们没时间了”。

如果再挖深一层，则是“你的想法，你的项目，那么，能不能按时毕业，你自己看着办”。

至于他自己前期占用我们多少时间精力，去应付他在外面接下的乱七八糟的私活儿，欧阳是绝不会提的。

我痛苦地挠头，目光落在被关进粉红宠物屋里的巴鳞身上，他目光呆滞地望着地板，似乎还没有从刺激中恢复过来。这颜色搭配很滑稽，可我笑不出来。

如果是老吕会怎么办？这个想法很自然地跳了出来。

一切都源自他当年闲聊扯出的“A导致B”的问题。

传统理论认为，运动控制是通过事先存储的运动程序完成的，当人要完成某一个运动任务时，运动皮层选取储存的某一个运动程序执行，程序就会告诉皮层和脊髓的运动区该如何激活，皮层和脊髓再控制肌肉的激活，完成任务。

那么问题来了：同一个运动有无数种执行方式，大脑难道需要储存无数种运动程序？

还记得那条运动可能性超过了全宇宙原子数量的胳膊吗？

2002 年一个叫作伊曼纽尔·托多洛夫（Emanuel Todorov）的数学家提出一套理论，试图解决这个问题。

他的基本思想是：人的运动控制是大脑求一个最优解的问题。所谓最优是针对某些运动指标，比如精度最大化、能量损耗最小化、控制努力度最小化等而言的。

在这一过程中，人脑会借助于小脑，在运动指令还没有到达肌肉之前，对运动结果进行预测，然后与真实感知系统发回来的反馈相结合，帮助大脑进行评估及调整动作指令。

最简单的例子就是，上下楼梯时我们经常会因为算错台阶数而踩空，如果反馈调整及时，人就不会摔跤。而反馈往往是带有噪声和延时的。

托多洛夫的数学模型符合前人在行为学和神经学上的已知证据，可以用来解释各种各样的运动现象，甚至只要提供某一些物理限制条件，便可以预测其运动模式，比如说八条腿的生物在冥王星重力环境下如何跳跃。

好莱坞用他的模型来驱动虚拟形象的运动引擎，便能“自主”产生出许多像人一样流畅自然的动作。

当我进入大学时，托多洛夫模型已经成为教科书上的经典，我们通过各种实验不断地验证其正确性。

直到有一天，我和老吕在邮件里谈到了巴鳞。

我自从上大学之后就和老吕开始了电邮来往，他像一个有求必应的人工智能，我总能从他那里得到答案，无论是关乎学业、人际关系还是情感。我们总会滔滔不绝地讨论一些在旁人看来不可思议的问题。

当然，我们都心照不宣地避开关于我父亲的事情。

老吕说巴鳞被卖给了镇上的另一家人，我知道那家暴发户，风评不是很好，经常会干出一些炫耀财力却又匪夷所思的荒唐事。

我隐约知道父亲的生意做得不好，可没想到差到这个地步。

我刻意转移话题聊到托多洛夫模型，突然一个想法从我脑中蹦出。巴鳞能够进行如此精确的运动模仿，如果让他重复两组完全相同的动作，一组是下意识的模仿，而一组是自主行为，那么这两者是否经历了完全相同的神经控制过程？

从数学上来说，最优解只有一个，可中间求解的过程呢？

老吕足足过了三天才给我回信，一改之前汪洋恣肆的风格，他只写了短短几行字：

“我想你提出了一个非常重要的问题，也许连你自己都没意识到有多重要。如果我们无法在神经活动层面上将机械模仿与自主行为区分开，那么这个问题就是：自由意志真的存在吗？”

收到信后，我激动得彻夜难眠。我花了两个星期设计实验原型，又花了更多的时间研究技术上的可行性及收集各方师长意见，再申报课题，等待批复。直到一切就绪时，我才想起，这个探讨“根本性问题”的重要实验，却缺少了一个根本性的组成要素。

我将不得不违背承诺，回到家乡。

只是为了巴鳞。我不断告诉自己。只是巴鳞。就像A导致B。简单如是。

＊＊＊

我读过一篇名为《孤儿》的科幻小说，讲的是外星人来到地球，能够从外貌上完全复制某一个地球人的模样，由此渗入人类社会，但是他们无法模仿被复制者身体的动作姿态。许多暴露身份的外星伪装者遭到地球人的追捕与猎杀。

为了生存下去，他们不得不学习人类是如何通过身体语言来进行交流的。他们伪装成被遗弃的孤儿，被好心人收养，通过长时间的共同生活来模仿他们养父母的举止神态。

养父母惊讶地发现收养的孩子长得越来越像自己，而一旦外星孤儿们认为时机已成熟，便会杀掉自己的养父母，变成他们的样子并取而代之。

辨别伪装者的难度变得越来越大，但人类最终还是发现了这些外星人与地球人之间最根本的区别。

尽管外星人几乎能够惟妙惟肖地模仿人类的所有举动，但他们并不具备人脑中的镜像神经系统，因此无法感知对方深层的情绪变化，并激发出类似的神经冲动模式，也就是所谓的“同理心”。

由此，人类发明了一套行之有效的辨别方法——“针刺实验”，即去伤害伪装者的至亲，看是否能够监测到伪装者脑中的痛苦、恐惧或愤怒。

* * *

老吕知道关于巴鳞的所有事情，他认为狗鸦族是镜像神经系统超常进化的一个样本，并为此深深着迷，只是不赞成我们对待巴鳞的方式。

“但他并没有反抗，也没有逃跑啊！”我总是这样反驳老吕。

“镜像神经元过于发达会导致同理心病态过剩，也许他只是没办法忍受你眼中的失落。”

“有道理。那我一定是镜像神经元先天发育不良的那款。”

“……冷血。”

当老吕带着我找到巴鳞时，我终于知道自己并不是最冷血的那一个。

巴鳞浑身赤裸、伤痕累累，被粗大生锈的锁链环绕着脖颈和四肢，窝藏在一个五尺见方的砖土洞里，光线昏暗，排泄物和食物腐烂的气味混杂着，令人作呕。他更瘦了，虹蝇吮吸着他的伤口，骨头的轮廓清晰可见，像一头即将被送往屠宰场的牲畜。

他看见了我，目光中没有丝毫波澜，就像是我十三岁的那个夏夜与他初次相见时的模样。

“他们让他模仿……动物交配。”老吕有点说不下去。霎时间，所有的往事一下涌上心头。

接下来发生的事情，我一点印象都没有，仿佛是被什么驱使着在行动。

老吕说，我冲进买下巴鳞那暴发户的家里，抓起他家少奶奶心爱的博美犬，一口就咬住它脖子，如果不放了巴鳞，我就不松口，直到把那狗脖子咬断为止。

我朝地上吐了口唾沫，这听起来还挺像是我干得出来的事儿。

我们把巴鳞送进了医院，刚要离开，老吕一把拉住我，说：“你不看看你爸？”我这才知道父亲也在这所医院里住院。上了大学后，我和他的联系越来越少，他慢慢地也断了念想。

他看起来足足老了十岁，鼻孔里、手臂上都插着管，头发稀疏，目光涣散。

前几年普洱被疯炒时他跟风赌了一把，运气不好，成了接过最后一棒的傻子，货砸在手里，钱赔了不少。

他看见我时的表情竟然跟巴鳞有几分相似，像是在说：“我早知道会有这么一天。”

“我……我是来找巴鳞的……”我竟然不知所措。

父亲似乎看穿了我的窘迫，咧开嘴笑了。

“那小黑鬼，精得很呢，都以为是我们在操纵他，其实有时候想想，说不定是他在操纵我们哩。”

“就像你一样，我老以为我是那个说了算的人，可等到你真的走了，我才发现，原来我心上系着的那根线，都在你手里操着呢，不管你走多远，只要指头动一动，我这里就会一抽一抽地疼……”父亲闭上眼，按住胸口。

我一个字都说不出来，有什么东西堵住了喉咙。

我走到他病床前，想要俯身抱抱他，可身体不听使唤地在中途僵住了，我尴尬地拍拍他的肩膀，起身离开。

“回来就好。”父亲在我背后嘶哑地说，我没有回头。

老吕在门口等着我，我假装挠挠眼睛，掩饰情绪的波动。

“你说巧不巧？”

“什么？”

“你想要逃离你爸铺好的路，却兜兜转转，跟我殊途同归。”

“我有点同意你的看法了。”

“哪一点？”

“没人知道会怎么样。”

＊＊＊

我们又失败了。

最初的想法很简单，选择巴鳞，是因为他的超强镜像神经系统让模仿成为一种本能，相对于一般人类来说，这就摒除了运动过程中许多主观意识的噪声干扰。

我们用非侵入式感应电极捕捉巴鳞运动皮层的神经活动，让他模仿一组动作，再通过轨迹追踪，让他自发重复这组动作，直到前后的运动轨迹完全重合，那么从数学上，我们可以认为他做了两组完全一样的动作。

然后对比两组神经信号是否以相同的次序、强度及传递方式激活了皮层中相同的区域。

如果存在不同，那么被奉为经典的托多洛夫模型或许存在巨大的缺陷。

如果相同，那么问题将更严重，或许人类仅仅是在单纯地模仿其他个体的行为，却误以为运动出于自由意志。

无论哪一种结果，都将是颠覆性的。

但我们从一开始就失败了。巴鳞拒绝与任何人对视，拒绝模仿任何人要求的任何动作，包括我。

我大概能猜到原因，却不知道该如何解决。我们这群人信誓旦旦要解开人类意识世界的秘密，却连一个原始人（巴鳞）的心理创伤都治愈不了。

我想到了虚拟现实，将巴鳞放置在一个抽离于现实的环境中，或许能够帮助他恢复正常的运动。

我们尝试了各种虚拟环境，海岛冰川、沙漠太空。我们制造了耸人听闻的极端灾难，甚至，还花大力气构建出狗鸦族的虚拟形象，寄希望于那个瘦小丑陋的黑色小人，能够唤醒巴鳞脑中的镜像神经元。

但是毫无例外地全部失败了。

深夜的实验室里，只剩下我和呆滞的巴鳞。其他人都走了，我知道他们在想什么，这个实验就是个笑话，而我就是那个讲完笑话自己一脸严肃的人。

巴鳞静静地躲在粉红色泡沫板搭起来的宠物屋里，缩成小小的一团。我想起老吕当年的评价，他说得没错，我一直没把巴鳞当作一个人来看待，即便是现在。

曾经有同行将无线电击器植入大鼠的脑子里，通过对体觉皮层和内侧前脑束的放电刺激，使之产生欣快或痛感，来控制大鼠的运动路线。

这和我对巴鳞所做的一切没有实质区别。我就是那个镜像神经元发育不良的混蛋。

我鬼使神差地想起了那个游戏，那个最初让我们见识到巴鳞神奇之处的幼稚游戏。

“捞虾洗衫，玻璃刺脚丫……”

我低低地喊了一句，某种成年后的羞耻感油然而生。我假装成渔夫，从河岸上往河里伸出一条腿，踩一踩只存在于想象中的河水，再收回去。

巴鳞朝我看了过来。

“捞虾洗衫，玻璃刺脚丫。”我喊得更大声了。

巴鳞注视着我蠢笨的动作，缓慢而柔滑地爬出宠物屋，在离我几步之遥的地方停住了。

“捞虾洗衫，玻璃刺脚丫！”我疯狂地甩动着大腿，来回踏出慌乱的节奏。

巴鳞突然以难以言喻的速度朝我扑来，那是阿辉的动作。他记得，他什么都记得。

巴鳞左扑右抱，喉咙里发出婴孩般“咯咯”的声音，他在笑。这是这么多年来我第一次听见他笑。

他变成了镇上的残疾人。所有的动作都像是被刻录在巴鳞的大脑中，无比生动而精确，以至于我一眼就能认出他模仿的是谁。他变成了疯子、没有四肢的乞丐和癫痫患者。他变成了猫、狗、牛、羊、猪和不成形的家禽。他变成了喝醉酒的父亲和手舞足蹈的我自己。

我就像瞬间穿越几千公里的距离，回到了童年的故里。

毫无预兆地，巴鳞开始一人分饰两角，表演起我和父亲决裂那一天的对手戏。这种感觉无比古怪。作为一名旁观者，看着自己与父亲的争吵，眼前的动作如此熟悉，而回忆中的情形变得模糊而不真切。当时的我是如此暴躁顽劣，像一匹未经驯化的野马，而父亲的姿态卑微可怜，他一直在退让，一直在忍耐。这与我印象中大不一样。

巴鳞忙碌地变换着角色和姿态，像是技艺高超的默剧演员。

尽管我早已知道接下来会发生什么，但当它发生时我还是没有做好准备。

巴鳞抱住了我，就像当年父亲抱住他那样，双臂紧紧地包裹着我，头深埋在我的肩窝里。我闻见了那阵熟悉的腥味，如同大海，还有温热的液体顺着我的衣领流入脖颈，像一条被日光晒得滚烫的河流。

我呆了片刻，思考该如何反应。

随后，我放弃了思考，任由自己的身体展开，回以热烈拥抱，就像对待一个老朋友，就像对待父亲。

我知道，这个拥抱我欠了太久。无论是对谁。我猜我找到了解决问题的正确方法。

＊＊＊

在《孤儿》的结尾，执行“针刺实验”的组织领导人悲哀地发现，假使他们伤害的是外星伪装者，那么他们的至亲，也就是真正的人类，其镜像神经系统也无法被正常激活。

因为人类从开始就被设计成一个无法对异族产生同理心的物种。就像那些伪装者。

幸好，这只是一篇二流的科幻小说。

＊＊＊

“我们应该试着替他着想。”我对欧阳说。

“他？”我的导师有点懵，他过了三秒钟才反应过来，“谁？

那个野人？”

“他的名字叫巴鳞。我们应该以他为中心，创造他觉得舒服的环境，而不是我们自以为他喜欢的廉价景区。”

“别太可笑了吧！现在你要担心的是你的毕业设计怎么完成，而不是去关心一个原始人的尊严，你可别拖我后腿啊。”

老吕说过，衡量文明进步与否的标准应该是有无同理心，是能否站在他人的价值观立场去思考问题，而不是其他被物化的尺度。

我默默地看着欧阳的脸，试图从中寻找一丝文明的痕迹。这张精心呵护的老脸上一片荒芜。

我决定自己动手，有几个学弟学妹也加入了。这让我找回对人类的一丝信念。

当然，他们多半是出于对欧阳的痛恨以及企图由此混几个学分。

有一款名为“iDealism”的虚拟现实程序，号称能够根据脑波信号来实时生成环境，但实际上只是比对数据库中现成的波形调用模型，最多就是增加了高帧率的渐变效果。我们完善了它，毕竟实验室用的感应电极精度比消费者级别的要高出几个数量级，我们增加了不少特征维度，又连接到教育网内最大的开源数据库，那里存放着世界各地虚拟认知实验室的Demo（演示）版本。

巴鳞将成为这个世界的第一推动力。

他将有充分的时间，去探索这个世界与他心中每一个念想之间的关系。我将记录下巴鳞在这个世界中的一举一动，待他回到现实世界，我再与他连接，那时，我将尽力模仿他的每一个动作，我俩就像面对面平行放置的两面镜子，照出无穷无尽的彼此。

我为巴鳞戴上头盔，他目光平静，温柔如水。红灯闪烁，加速，变绿。

我进入Ghost模式，同时在右上角开启第三人称窗口，这样可以看到一个小小的巴鳞虚拟形象在轻轻摇摆。

巴鳞的世界一片混沌，没有天地，也不分四面八方。我努力克制晕眩。他终于停止了摇摆。一道闪电缓慢劈开混沌，确定了天空的方向。

闪电蔓延着，在云层中勾勒出一只巨大的眼，向四方绽放着分形般细密的发光触须。

光暗下，巴鳞抬起头，举起双手，雨水落下。他开始舞蹈。

每一颗雨滴带着笑意坠落，填满风的轮廓，风扶起巴鳞，他四足离地，开始盘旋。

无法用语言来描绘他的舞姿，他仿佛成了万物的一部分，天地随着他的姿态而变幻色彩。

我的心跳加速，喉咙干涩，手脚冰凉，像是见证一场不期而遇的奇迹。他举手，花儿便盛开；他抬足，鸟儿便翩然而至。

巴鳞穿行于不知名的峰峦湖泊之间，所到之处，荡涤开欢喜的曼陀罗，他便向着那旋转的纹样中坠去。

他时而变得极大，时而变得极小，所有的尺度在他面前失去了意义。

每一个不知名的生灵都在向他放声歌唱……

我突然领悟了眼前的一切。在巴鳞的眼中，万物有灵，并不存在差别，但神经层面的特殊构造使得他能够与万物共情。难以想象，他需要付出多大的努力才能够平复心中每时每刻翻涌的波澜。

即便愚钝如我，在这一幕天地万物的大戏面前，也无法不动容。事实上，我早已热泪盈眶，内心的狂喜与强烈的眩晕相互交织，这是一种难以言表的巅峰体验。

至于我希望得到的答案，我想，已经没那么重要了。

巴鳞将所有这一切全吸入体内，他的身形迅速膨胀，又瘪了下去。然后开始往下坠落。

世界暗淡、虚无，生机不再。

巴鳞像是一层薄薄的贴图，平平地贴在高速旋转的时空中，物理引擎用算法在他的身体边缘掀起风动效果，细小的碎片如鸟群飞起。

他的形象开始分崩离析。

＊＊＊

我切断了巴鳞与系统的连接，摘下他的头盔。

他趴在深灰色地板上，四肢展开，一动不动。

“巴鳞？”我不敢轻易挪动他。

“巴鳞？”周围的人都等着，看一个笑话是否会变成一场悲剧。

他缓慢地挪动了下身子，像条泥鳅般打了个滚，又趴着不动了，像壁虎一样紧贴在地板上。

我笑了。像当年的父亲那样，我拍了两下手掌。巴鳞翻过身，坐将起来，看着我。

正如那个湿热黏稠的夏夜里，十三岁的我第一次见到他时的姿态。

陈楸帆

# 开光

# 0

据说我满岁的时候，我妈抱着我上街买菜，路遇一名和尚。

和尚摸了摸我当时寸草不生的脑袋，吟了几句诗。我妈回来告诉我爸，我爸比我妈文化程度略高，初中毕业，他说那不是诗，那叫佛偈。他记下只言片语，后来请教了屋头的教书先生，才查到这几句决定我命运的佛偈。

出入云闲满太虚，元来真相一尘无。

重重请问西来意，唯指庭前一柏树。

他们觉得其中必有蹊跷，于是就根据这几句佛偈给我改了个名字。

# 1

我叫周重柏，我感觉自己置身于一个蒸笼里，宛如一枚蒸饺。

每个人都在不停地吐息，然后死死盯住对方嘴里冒出的白烟，就像卡通片里的人物，脑袋上升起云团，能看到思维逻辑，俊男靓女，或者是凝固的表音符号。可烟雾散尽，只露出对面一张浮肿的糙脸。空气净化器疯了般嘶吼，后排的小姑娘默默戴上口罩，滑动手机，眉头一皱。

不用看我也知道，现在已经过了半夜，微信上的媳妇儿已经不搭理我了。

我是临时被拉来开会的。当时我和媳妇儿遛完弯回家，在天桥上碰到一个身穿军大衣的哥们儿，他突然开口，声若洪钟，把我俩都吓了一跳。

他说："1 月 4 日象限仪流星雨光临地球，不要错过……"

我等着他说出从专业上讲叫作"Call for action"（呼吁采取行动）的关键词，比如"加入××组织""拨打热线电话"，要么从大衣里掏出一把单筒天文望远镜或者别的什么大家伙，告诉你"现在只卖 88 元"，都算是成功的推销套路。可他像个自动答录机又回到开始："……1 月 4 日象限仪流星雨……"

Mission failed.（任务失败。）

我们只好失望地悻悻离开。这时手机响了，是老徐。我心虚地瞄了眼媳妇儿，她条件反射般露出满脸不高兴，这事儿不止一两次了。我接通了手机，于是就到了这里，坐到现在。

媳妇儿给我的最后一句回话是“让你妈就别惦记着要孙子了，她儿子已经够孙子了”。

“重柏，”老徐把我的思绪拽回来，据说他已经跟老婆分居三年了，原因不明，有时候，我感觉他拍我肩膀时用力不太自然，“你负责策略，你说说看！”

透过烟雾迷蒙，我努力看清小白板上鬼画符般的记录，用户洞察、产品卖点、市场调研……用各种颜色的马克笔画连连看一样连成三角形、五边形、六芒星或者七龙珠，毫无意义。

蒸笼里的压力在不断升高，汗珠在我额头凝结、淌下、滴落。

“热啊，擦擦。”老徐递给我一张揉得皱巴巴的纸巾，颜色可疑，我不敢不擦。

“万总对上次的方案就不太满意，想换组，被我摁住了，如果这次还不行，你懂的。”

劣质纸巾糊了我一脸。

他说的万总就是我们的“上帝”，一家移动互联网公司的老总。中关村街头主动跟陌生人搭讪的十个人里，有近一半的是IT创业公司的C什么O或者联合创始人。如果这群主动搭讪者在街头进行三分钟无差别一对一互喷，那最终大获全胜的必然是他们——这些C什么O或者联合创始人不卖东西，卖的是改变世界的理念。

万总就是这么一个人。

托了老徐的福，我们这小破公司接下万总的单，花着这个天使那个PE（Private Equity，私募股权投资）的ABCD轮美钞、欧元、澳元，帮他们公司的App拓展市场，提高产品知名度，提升日均活跃度，然后万总再拿着这些数字去“喷”来更多的投资，车轮般运转不息。

所以点在哪里？

“点在哪里？”老徐的干瘪嗓音像隧道里呼啸而过的地铁，一股无形的风压震得我眼前发黑。我颤巍巍地起身，刻意回避其他人的目光，就像二维国里的居民，身上全是点，就是看不见。

“是……是产品的问题。”我深深地低下头，准备迎接老徐的劈头盖脸。

“这还用得着你说！”

我惊诧无语。

万总公司的另一个联合创始人是他大学的校友Y，在美国待了多年，被万总忽悠着带着核心专利回国，准备大展拳脚。Y的专利是一种数字水印技术，由于关系到信息学和数学，解释起来颇需要一番功夫，举个最简单的例子：你拍一张照片，用这种技术在照片上加上肉眼看不见的数字水印，则无论这张照片被怎么篡改，哪怕是被裁剪掉百分之八十，你都可以根据算法将照片恢复到原初状态。其中的奥秘在于，看不见的数字水印本身便携带了那一时间点图片上的所有信息。

当然这只是这项技术最基础的应用，它可以作为一种认证防伪机制被广泛使用到媒体、金融、刑侦、军事安防、医疗等领域，想象空间巨大。可回国之后，他们发现核心领域都被设置了准入门槛，这道门槛的厉害之处不在于它有多高，而在于你根本不知道它卡在哪。屡屡受挫后，他们只好打着擦边球，搞起了娱乐产业，想先借助草根用户的力量把这项技术推广开来，再逐步渗透到商用领域。

万总做出来的App叫“有真相”，凡是用这款应用拍出来的照片都会被自动加上数字水印，无论被转发多少次，被PS（Adobe Photoshop，一款图像处理软件）处理成什么样，只要一键便能将图片复原。最初的市场定位主打安全牌，用“有真相”拍照，妈妈再也不用担心我的脸出现在艳照上了。

除了铺渠道之外，我们还帮他们策划了一个“有真相现原形”的线上活动。我们找了一百个姑娘，用“有真相”帮她们拍照，再用美化功能修图，处理成女神样，传到网上，佐以“一秒钟女神变‘恐龙’”的GIF效果和文案，引导用户下载App进行功能认知。

反响出奇的热烈。男性网友极力追捧，恶搞出许多UGC（User Generated Content，用户原创内容）花样。女性用户群体却是另一个极端，她们在网上吐槽、谩骂、抵制这款产品，认为它以丑化、侮辱女性为乐，将女性追求美的正当权利贬损为一种变态、自恋的欺诈行为，甚至还引起了一场不大不小的公关危机。

要我说，这就是我们想要达到的目的，做市场讲究一针见血、直插人心，不见血就说明针太钝，或者没扎中部位。

可万总却觉得我们的活动只能博一时眼球，长期来看伤害了产品的品牌。数据曲线证明他是对的，短暂的峰值后，后续下载量一蹶不振，而被活动吸引来的男性用户由于缺乏新鲜内容的持续刺激，也逐渐丧失了活跃度。

“比起担心照片安全，我更在乎别人看到的是不是我最美的一面。”用户访谈中一个相貌普通的女孩说。她的手机相册里充满了千篇一律过分修饰的大头照，每一张看起来都与她本人相去甚远，但她仍然每隔半小时便会举起手机，从侧上方45度角对准自己微微嘟起的嘴唇。

如果一座高塔把根基建在沙滩上，你又怎能指望它站立到涨潮的那一刻？

老徐盯着我，我盯着白板，白板盯着所有人，所有人盯着手机。我们像一群迷失在雾霾里的鸟雀，不断被发光的屏幕吸引注意力，忘记了自己原本想要飞往的方向。而寒冷的夜幕已降临，捕猎者饥肠辘辘，步步逼近。

手机发出电量不足的警报提醒。我的下意识反应不是省着点儿用，而是变本加厉地翻看起朋友圈来，越临近最后时刻，越要让每一滴能量充分发挥作用，而不是耗散在静默的后台运行里。这是我的价值观，我的哲学。

我看见了万总更新的动态，突然，蒸饺的皮破了，馅儿流了出来。

“有了！”我拍桌子大喝一声，所有人都从半昏迷状态惊醒过来。

我把手机摆到老徐面前。

万总头像下，一张河畔水景图配着下面这段文字：

本周六农历十五日于温榆河畔放生带子螺蛳、鸟类、爬行类、水产类等物命，身为佛子，当行佛事，发慈悲心。愿此功德，回向老者增福增寿，中年者家庭美满，妻贤子孝，小孩子开智慧，茁壮成长！特此公告，祝大家六时吉祥！（随喜自愿，上不封顶，支付宝账号：××××××，转发此条信息亦可积功德）

“他们资金链都紧张到这份儿上了？”老徐瞪大了眼睛。“这个月月费还没结呢！”

“您再往前看看。”我滑动手机屏幕，万总的动态时间线上，技术与佛法交辉，鸡血与鸡汤齐飞。“这也许是他的另一个爱好。”

“所以点在哪？”

“为什么每天都有那么多人转发这些保平安积功德的信息？他们真的信吗？我看未必。图片安全也许不是人们的核心需求，但人身安全，尤其是心理上的安全感，是人们当下最迫切需要的。我们所要做的，就是将产品和这种心理需求建立起强联系。”

“说人话！”

“你们说说，什么样的信息转了能保平安？”我反问大家。

“菩萨心咒！”“佛图！”“佛诞，各种寿辰！”“上师智慧金句！”

“什么样的你会信而且愿意掏钱？”

大家思考了片刻，一个女孩怯怯地说：“开……开过光的……”

“答对了！”

整间屋子突然陷入寂静，老徐站起来，面无表情地走到我身后，只听见“哐当”一声，窗户开了，一股冷风由领口钻进我后背，像倒进了一桶冰块。屋里的雾霾瞬间消散。

“醒了没！”老徐把窗户重新关上，“你再说一遍，别再跟我扯那些有的没的。”

我看着他，一字一句地说：“找个大师，给这款App开光，让它拍出的每张照片都变成护身符，这才是真正的转发保平安。”

所有人把目光从手机屏幕上移开，投向我，我盯着老徐，老徐不说话，看着手机。许久，他长长地出了一口气。

## 2

我媳妇儿是个新时代的卢德主义者①。她曾经是个重度的电游玩家，后来被家长强迫报了一个戒断夏令营，之后态度便有了

① 卢德主义者（Luddite），19世纪英国民间对抗工业革命、反对纺织工业化的社会运动者，后衍生为反对任何新科技的人。

一百八十度的戏剧性转变。

我问过她很多次，那年夏天，在凤凰山上名为“涅槃计划”的营地里究竟发生了些什么。

她从来不正面回答。

这造就了我俩最大的观念分歧。她认为这一貌似风头正劲的所谓高科技产业，到头来还是跟那些最古早的行当一样，利用大众千疮百孔的心灵，假借进步、提升、拯救之名，行操控玩弄人心之实。

“我们只是给了人们想要的东西，他们想要慰藉、快乐、安全感，他们希望自己变得更好，希望自己是人群中与众不同的那一个。我们不能剥夺他们的这种需求。”我总是这样反驳她。

“别装大尾巴狼了，你们只是在玩游戏，以满足自己的控制欲。”她说。

“别扯了，都是大活人，有手有脚有脑子，谁控制得了谁啊。”

“NPC。”媳妇儿吐出一个词。

“啥玩意儿？”

“Non-Player Character，非玩家角色。如果有一个大的后台系统，你的一举一动都会影响到相应的游戏进程逻辑，系统会反馈到这些NPC上，他们便会按照预先设定的程序做出反应。”

我盯着她的脸，像是从来没有真正认识过她，我甚至怀疑她是不是加入了什么新型的邪教组织。

“你不会真的相信这个吧？”

“我去遛狗了，这个点儿路上狗屎还少点。”

## 3

每天寺里的钟敲过五响，我就得起床开始扫地，从新修的藏经阁一路沿着木长廊，扫到石台阶，再从石台阶，扫到寺门口那棵千年老槐树。

至于扫地过程中默诵的是《楞严经》《法华经》还是《金刚经》，得看当天的空气PM2.5数值落在哪个区间，我咽喉肿痛，心无旁骛。

随便哪个香客都能看出，我并非佛门中人，我出现在此处，是为了逃避。

就像那些在雍和宫外佛具商店里购买电子佛盒的人，他们将佛盒摆在家里，按动按钮，它便会开始诵读经文，每逢正点或者设定好的时间，还会发出跟庙里敲钟一样空旷幽远的“duang——”一声，仿佛这样便能消除业障，净化罪孽。我时常想象着在罐头般拥挤的2号线地铁里，所有的电子佛盒同时响起的情景，所谓的“禅”或许便是这一瞬间与现实生活的抽离感。

就像吃素，我怀念北新桥那家老汤卤煮。

我注销了手机号，删除了所有社交网络上的数据，媳妇儿回了老家，我甚至改了名，法号“尘无”。我只是希望那些疯狂的人不会再找到我。

我受够了。

一切都是从那个夜晚，从那个貌似无厘头的疯狂点子开始的。

万总买了账，连夜召集产品技术人员进行开发，老徐布置市场创意和策略，而项目最核心的部分，便义不容辞地交到了我手里。

去找一个愿意为这款App开光的大师。

老徐要求，全程跟拍，做一个病毒视频进行传播。我开始万般推脱。

老徐只回我一句话：“你的主意，你不做，就滚。”

我开始遍访名刹古寺高僧，包括隐居在皇城根各个角落的仁波切，可每次只要一掏出摄像机，高僧大师们便脸色一沉，念几句“阿弥陀佛”，夺路而去。我们也曾试过偷拍，但香火缭绕外加镜头抖动，效果实在堪忧。

眼看最后期限将近，我彻夜难眠，在床板上翻来覆去，媳妇儿问我干啥呢。我说烙饼呢。她给了我一脚，说要烙地板上烙去，别在这儿演擀面杖。

这一脚踹得我神清气爽、茅塞顿开，我顿时有了主意。

万总的新版App“爱Fo图”如期推出上架，老徐像他那辆车一样，开足马力把所有人的弦都绷得紧紧的，连轴转似地推视频、出创意、上广告。很快，一段表现高僧为一款手机作法开光的视频在网络上疯传。紧接着，来自“爱Fo图”的图片便攻占了朋友圈和微博，下载量和日活跃用户量曲线节节攀升，像疯狂的火箭以逃逸速度冲上云霄。

别问我这样做究竟对产品品牌有什么帮助，也别问我数字水印技术的后续开发及应用，那是万总要解决的问题，我只是为一家三流营销公司提出了不入流的营销策略，我只能用我的方式，解决我能解决的问题。

我还是低估了网友们的创造力。打上数字水印后的图片，只需要发送极低分辨率版本，或者图片的部分，便可通过App恢复成接近原图质量的文件，省流量，省时间。我们乘胜追击，又推出了一系列主打这一功能点的传播广告。曲线上又出现一个小小的峰值。但随后发生的事情超出了所有人的预料。

最开始是一张用“爱Fo图”拍摄的苹果照片，发帖者在一周后又发了一张同一个苹果的照片。他发现，用“爱Fo图”拍摄的苹果比其他苹果腐败的速度明显要慢一些。

紧接着，是被“爱Fo图”App拍摄过的宠物猫狗奇迹般恢复健康的故事。

然后，有一位老太太说用“爱Fo图”自拍后，逃过了一场车祸，大难不死。

越来越多的传言甚嚣尘上，每一条听起来都像是愚人节笑话，但每一条笑话背后都站着一位言之凿凿的证人，以及滚雪球般飞速增长的信徒。

消息越传越离奇，晚期癌症患者每日自拍肿瘤显著缩小，不孕不育夫妇拍摄后喜得贵子，打工青年合影后彩票中大奖，诸如此类只有在小报上才能刊发的耸人听闻的消息，在社交网络上铺天盖地。它们都打着“爱Fo图”的标签，而我们都以为是公司内部花钱雇的水军。

我们都以为错了。

据说万总的电话被投资人打爆了。除了追加投资，被问得最多的一个问题是，究竟那个给App开光的大师是谁。

逻辑很简单，如果单凭给手机应用开光便能出现如此奇效，那么请到大师本人作法，该能有怎样改天换地的大神奇啊。投资人想到了，亿万用户也都想到了。

在这个时代，真相往往难得，而比这更可悲的是，有时即便把真相放在面前，人们也会选择怀疑其真实性，他们只相信自己幻想出来的真相。

很快，我的联系方式被出卖了，邮箱、电话、短信……所有的人都在怒吼着问同一个问题：那个大师究竟是谁？

我不能说。我知道他们迟早会自己找出来。

他们靠着人肉搜索的力量，找出了病毒视频中的“大师”及其弟子们，那是我托朋友从影视城趴活儿的群演里挑出来的。这些怀揣演员梦想的人颇为尽心尽力，主演甚至为了妆容更贴近角色而吹毛求疵，与化妆师起了口角，这更加令我惴惴不安。

他们都是好人，错都在我。

惨遭人肉的演员们家无宁日，网民们用尽一切恶毒语言攻击他们及其家人，逼迫他们承认本来就是板上钉钉的事实，即他们确实是被公司雇用来假扮成大师的临时演员。如果说这里面尚有无法达成共识之处，那便是，他们相信我们公司，或者我，隐瞒了一个真正的背后的大师。出于私心，出于欲念，不愿公之于众，分享这足以光耀世人的大神通。

这个，我真没有。

老徐把公司暂时关了，每天一堆大妈候在楼底下扯横幅，我们受得了，物业管理也受不了。他给员工们放了带薪长假，希望这件事能够早日过去。他好心地提醒我，最好离开这里，回老家避几天风头，因为说不定哪天哪个丧心病狂的绝症患者及其家属便会杀上门来，要求我供出大师的联系方式。

我想他是对的，我不能连累家人。

于是安排好一切之后，思前想后，我来到这座千年古刹，成为一名扫地僧。

钟声敲过九下，结束了早课，我们开始各就各位，今天是开放日，住持德塔大师会迎接一批来自互联网界的信众，并召开一个关于佛法与网络的讲演沙龙。

我负责签到及发放胸牌。在签到簿上，我看到了不止一个熟悉的名字，其中就有万总。

在三十八摄氏度的桑拿天里，我戴上了厚厚的口罩，捂得严严实实，汗如雨下。

# 4

身穿土黄色僧衣僧鞋的信众鱼贯而入，胸前红红绿绿的胸牌摇晃，恍惚间我仿佛回到了几个月前的生活，国家会议中心、星级酒店、798 艺术区……我不是在开会，就是在去开会的路上，发名片，加微信，吹各种牛，画各种大饼，言必称互联网思维。

如今，依旧是那些熟悉的面孔，只不过他们的胸牌上少了昔日那些耀眼的头衔，“C×O”“联合创始人”“投资VP（Vice President，副总裁、副总监）”换成了“居士”“信士”“施主”。他们收起往日嚣张的气焰和突出的肚腩，念念有词，就近入座，并虔诚地将手机、智能手环等身外之物交给负责收集的沙弥，换取一个号牌。

我看见了万总，他面容憔悴，却目光如水，步伐轻盈，施施然对着身边人双手合十作揖，全然没有之前的霸气。当他从我身边经过时，我低下头，他也低下头回礼。

这几个月一定发生了很多事情。

据说德塔大师曾经是清华大学计算机系的高才生，放弃了斯坦福大学、耶鲁大学、加利福尼亚大学伯克利分校等常春藤名校的offer，受戒皈依，遁入空门。在他的带领下，一众高等学府毕业生加入我寺，并以互联网时代的方式弘扬佛法，普度众生。

大师那天说了很多，我却记不得太多，只记得万总姿态虔诚，频频点头。

我躲着他，又按捺不住想上前问他，那件事究竟过去了没有。我想念我的家人，但并不想念我的生活。

在这里，只有一定级别的僧人才有上网权限，这山间的古柏，重重叠叠，如同防火墙般将我们隔绝于俗世烦嚣之外。每日生活单调却不枯燥，扫地、劳作、诵经、辩义、抄帖，在极简的物质生活中，我逐渐恢复了良好的作息习惯，并不会因为手机的震动而心生焦虑，尽管偶尔右侧大腿股四头肌仍会有“幻震”感，但师父说，只要每日摩挲佛珠，遍数一千八百颗，如此经过一百八十天便可痊愈。

我想也许是因为我们所要的太多，多得超出了我们身心能够承受的限度。

我的工作便是创造需要，让人们去肆意追逐那些对他们人生毫无意义的事物，然后用兑换到的金钱，再去购买他人为我所创造的生活幻象。我们乐此不疲。

这是我的罪过，我的业障，我需要洗清涤净之因果。

我开始有点理解万总了。

讲演结束之后，万总和其他几人围住德塔大师，似乎有满腹疑惑需要解答。德塔大师朝我招招手，我硬着头皮走过去。

“把这几位施主带到三号禅房。我稍后就过去。”

我点头，带着几位走到后院的禅房，安排他们入座，又帮他们沏好茶。他们彼此点头微笑，却又只是客套寒暄，我猜他们以前可能是竞争对手。

万总并没有正眼瞧我，他抿了口茶，闭目养神，口中念念有词，双手不停摩挲着那串紫檀佛珠。当他转到第四十九圈时，我终于没能忍住，在他近旁俯身轻问："万总您还认得我吗？"

万总睁开双眼，仔细地盯着我瞧了半分钟，说："你是周……"

"周重柏，您的记性真好。"

万总突然目眦尽裂，用那串佛珠箍住我的脖子，把我掀翻在地。

"都是你这个混蛋害的！"他边打边骂，旁边两位施主惊骇地站起，却也不来劝架，只是一个劲儿念着"阿弥陀佛"。

我用手护住脸，却不知道该说些啥，只能"善哉善哉"地直叫唤。

"住手！"那是德塔住持的声音，"此乃佛门净地，怎能如此无礼！"

万总举在半空的拳头停住了，他盯着我，眼泪就那么"唰"地掉下来，打在我脸上，就好像被打受委屈的是他一样。

"全没了……什么都没了……"他喃喃说着，一屁股坐回到座位上。

我爬了起来，原来一个什么都没了的人，打起人来也是软绵绵的，一点都不疼。

"阿弥陀佛。"我朝他双手合十，行了个礼。我知道他并不比我好过多少。正当我准备退出禅房时，住持叫住我，用戒尺在我左肩敲了两下，右肩敲了一下，说："今日之事不可外传。你身上狂狷之气尚未除净，难当大任，理当勤做功课，深刻反省。"

我正想反驳，转念一想，老徐和万总的气我都能忍，德塔大师现在就是寺里的住持，有什么不能忍的。

我行了个礼，躬身退出。

我倚靠在木质长廊上，遥望夕阳中的树林山色，晚霞如层层叠叠的纱丽，堆在城市上空。钟声适时响起，惊飞鸦雀，我突然脑中电光石火，想起菩提祖师用戒尺在孙猴子脑袋上敲了三下，背手走了，于是便有了经典的三更后门拜师学艺。

可左二右一是什么意思？

## 5

我在晚上九点顺着后山小道溜到了住持的房间，一路松涛阵阵，鸦雀无声。

我在门上先敲了两下，又敲一下。门里面似乎有动静，我再敲。门自动开了。

德塔住持背对门坐着，面前是一个硕大的屏幕，屏幕一片漆黑，房间里似乎有低频的电音涌动。我清楚地听见他长长地叹了一口气。

“师父请受弟子一拜！”我跪倒在地就要磕头。

“你《西游记》看多了吧。”住持缓缓起身，面有愠色，“我不是让你十点零一分到吗？”

我顿时语塞，原来住持用的是二进制。

“下午的事……”我赶紧打圆场。

“不怪你。你的事情我都知道，打你进这寺门起，所有的资料就已经同步了。”

“……那您还收我。”

“虽非一心向佛，却有菩提慧根，我不渡你，你怕是早就寻了短见。”

“谢大师慈悲为怀！”我还是丈二和尚摸不着头脑。

“你还是不明白这究竟是怎么回事吧。”大师其实年纪并不大，也就四十出头，戴着眼镜笑起来时，还略像个学者。

“吾辈愚钝，还望大师点破。”

德塔大师把手一挥，原来那屏幕是体感操控的，忽地亮了起来，一幅难以形容的图画，一个巨大的被压扁的椭圆，在深浅不一的蓝底上缀满了不规则的橘红色亮点，又或者是相反。看起来像某种星体表面经过补色处理的等高线图，又像是显微镜下某种霉菌的繁殖切片。

“这是？”

“宇宙，确切地说，是宇宙微波背景辐射，大概是大爆炸后38万年的样子，迄今为止最精确的图谱。”他溢于言表的赞许之情，很难与那身装扮联系到一起。

“然后呢？”

“欧洲航天局用‘普朗克’宇宙辐射探测器收集到的数

据，经过计算得出了这张图。看看这里，还有这里的亮度有点异常……”

除了橘红或宝蓝色的霉斑之外，我看不出有什么特别之处。

“也就是说……佛祖不存在？”我小心翼翼地试探着。

“佛说，三千大千世界。”他瞪着我，像要逼我把那句话咽回去，“这张图证明了曾经有多个宇宙的存在，人类通过这么多年的努力，终于用技术证明了佛教中的宇宙观。”

我应该早想到这一点，就像在中关村搞传销的那些人，多么风马牛不相及的一切都可以拿来成为佐证其观点的有力论据。

“阿弥陀佛。”我双手合十，以示虔诚。

“问题在于，佛祖为什么选择现在，向全人类展示这个事实。”他缓慢有力地说着，“我思忖了许久，直到看到你做的那个项目。”

“爱Fo图？”

德塔大师点点头：“我并不喜欢你做事情的方式，但是既然你来到这里，就证明我的猜测是有道理的。”

我的冷汗开始沁湿后背，就像遥远得不真实的那个夜晚。

“这个世界已经不是它原来的那个样子，或者说，它的创造者，已经改变了世界运行的规则。你以为真的是开光让‘爱Fo图’实现神通的吗？”

我屏住了呼吸。

“假设宇宙是一个程序，我们所能观测到的一切都是代码实现后的结果，而宇宙微波背景辐射可以被看作某个版本的源代码记录，我们能通过计算调用这个版本的记录，这意味着，我们也能够用算法去改写当前的版本。”

“也就是说，是万总的算法导致了这一切？”

“不敢妄下断语，但要我猜，差不离。”

“我是个科盲，大师您不要诓我。”

“阿弥陀佛，我是个技术派佛教徒，我信奉的一句话来自已仙逝的阿瑟·克拉克爵士，他说，一切非常先进的科技，初看都与魔法无异。”

我隐隐觉得有什么地方不对，但又无力辩解：“可……可那个项目不是已经失败了吗？看万总都成那样子了，应该没我什么事儿了才对啊。”

“凡所有相，皆是虚妄。若见诸相非相，即见如来。”

“大师，请准许我还俗回家吧，我想我媳妇儿了。”一阵莫名的恐惧突然攫住我，仿佛巨大无底的黑洞，从墙上的屏幕凹陷进去，像要把我吸入。

德塔大师叹了口气，又苦笑起来，似乎他早就预料到了这一切。

“本以为与你参透佛理，便能让你安心在此渡过劫难，怎料……你和我都是轮回里的人呐，又怎逃得脱命数。也罢，也罢，拿着这个，也不枉我们相逢一场。”

他递过一张金光闪闪的佛牌，背后写着一串400开头的电话，还有一个VIP卡号和验证码。

“大师，这是……”

“好好收着，市面价 8888 元呢，有事儿给我打电话啊。”

德塔大师背过身去，手一挥，屏幕上的霉斑图又恢复成了正常的电视画面——美国一名量子物理学家遭遇离奇枪击事件意外丧生，凶手声称只是认错了人。

## 6

和老徐的再会，是在半年后的管记翅吧里。

老徐没怎么变，依然保持对烤大腰的病态热爱，几瓶啤酒下肚，油光满面，横肉抖动，他开始掏心窝子。

“我说重柏，一起过来玩儿吧，哥不会亏待你的。”

老徐在烟雾缭绕中唾沫横飞，他在家歇了一阵子之后，被一个电话撩拨着重出江湖。这回，他不再搞没前途的传播公司，摇身一变成了所谓的“天使投资人”，凭借他在创业圈里的人脉资历，拿着别人的钱可劲儿造，可劲儿忽悠。

他觉得我是可塑之材，想拉我入伙。

“万总现在怎么样了？”我岔开话题，媳妇儿刚刚查出来怀孕了，目前的工作虽然无聊，却也稳定。一言蔽之，我觉得老徐不是很靠谱。

“已经好久没他信儿了……”老徐的目光黯淡了下去，狠狠吸了一口烟，“造化弄人呐，‘爱Fo图’最火那会儿，好几家公司抢着要投钱，有一家美国公司还想谈全额收购，居然最后关头，杀出来一个程咬金，说老万的核心算法剽窃了当年实验室另一个哥们儿的研究，这老美打起官司来就没完没了，专利也被暂时冻结了，投资人也撤了，老万变卖家产，最后也没撑下去……”

我把杯中酒一饮而尽。

“那事儿真不赖你，真的！要不是你，估计老万他们死得还要早！”

“可如果没有‘爱Fo图’，估计美国那边也没人发现剽窃的事儿。”

“我现在算是想明白了，没有那件事，也会有其他的事，这就叫命。后来听说告他的那美国哥们儿被枪杀了，这案子就这么悬在那儿了。”

老徐的声音轰鸣着，时间仿佛凝固了，那些喧闹的、烟火缭绕的背景变得模糊失焦，拉开遥远的距离。我想起了一件什么事，这件事是如此之重要，以至于我竟然把它完全抛到了脑后。

我以为一切都已经结束了，其实才刚刚开始。

告别了老徐回到家，我一阵翻箱倒柜，媳妇儿挺着肚子以为我喝多了。我问她：“你有没有看见一张金色的卡片？上面有个佛像，背后有个400开头的电话号码。”

她看着我，像是看着一条被遗弃的哈士奇。她扭过头继续做她的孕妇瑜伽操。

最后我在厕所的一本时尚杂志里找到了那张VIP卡。我拨通电话，按“9”，输入VIP卡号和验证码。一个熟悉的声音响起，略带疲惫。

“德塔大师，是我，尘无！”

“谁？”

“尘无！周重柏！就是那个你拍了我三下肩膀，让我晚上十点零一分到你房间看宇宙微波背景辐射图的尘无！”

“嗯……我记得你，近来可好？”

“你说得对！问题就出在那算法上！”我深吸一口气，尽量简明扼要地把事情的前因后果告诉他，同时还有我的猜测，有人希望阻止这套算法被投入应用，甚至不惜牺牲他人身家性命。

电话那头久久沉默，接着是一声长长的叹息。

“你还是没明白。你玩电子游戏吗？”

“很早以前玩过，你指街机、掌机还是PS（Play Station，一款家用游戏机）时代？”

“随便啦。如果你操控的角色向大Boss发起进攻，按照游戏设置，系统是不是会调动所有兵力去抵抗你操控的角色？”

“你是指……NPC？”

“没错。”

“可我什么也没做，我只不过出了个营销方案！”

“你误会了，”德塔大师的声音变得低沉，似乎随时会丧失耐性，“你不是那个向大Boss发起进攻的主角，你只是个NPC。”

“等等，你的意思是……”突然我的思绪变得黏稠无比。

“是的，我知道这很难接受，可这是真的。某人，或者某些人做了一些事情，可能会威胁到整个程序——我们所处这个宇宙的稳定性，于是系统按照事先设定好的机制，发动NPC，执行指令，去消除威胁，保证宇宙的自洽性。”

“可我以为我所做的一切全是出于自由意志，我只想把活儿干好，混口饭吃。我以为我是在帮他。”

“所有的NPC都这么想。”

“那现在我该怎么办？老徐要我去帮他忙，我怎么知道这是不是……喂？”

电话里突然出现了一些奇怪的声音，就像有许多细小的虫足在摩擦着麦克风。

“迷时……嗞嗞……师度，悟了……嗞……自度。你只要……嗞……就好……对不起，您的VIP卡账号余额不足，请充值后再拨打。Sorry，Your VIP……”

我愤怒地挂掉电话。

“怎么回事啊你，那么大声，吓流产了谁负责啊！”媳妇儿的声音从里屋慢悠悠飘过来。

我用三秒钟整理了思绪，决定把事情一五一十地告诉她，当然，只限于她能够理解的那部分。

“你跟老徐说，你媳妇儿怕生个孩子没屁眼，不让你跟着他干那些忽悠人的勾当了。”

我正想反驳，电话又响了，是老徐。

“考虑得咋样了？重柏，中科大量子所的进展很迅速啊，他们的机器已经开始攻关NPC问题了，一旦证明了$P=NP$，你知道那是啥意思吗！”

我看了看媳妇儿，她把手架在脖子上，横着一抹，同时做了个吐舌头的鬼脸。

“你知道那是啥意思吗……”我挂断了电话，老徐的余音在空中回荡。

所有的程序都会有bug，而在这个我所处的宇宙里，我相信，我媳妇儿一定是最致命的一个bug。

# 7

我还记得那一天，小来来呱呱坠地，玫瑰色的皮肤，浑身带着奶香。他是我在这世上见过的最漂亮的宝贝。

媳妇儿虚弱地让我给他起个大名，我嘴上答应着，心里却想，叫什么已经没有区别了。

我不是个英雄，我只是个NPC。打心眼儿里我就不认为这一切是我的过错，只因为我没有加入老徐的团队，没有用一些稀奇古怪的点子搞砸整个项目，没有阻止那台该死的量子计算机算出$P = NP$——至今我都不明白那究竟是什么意思。

如果这就是宇宙崩溃的原因，那只能说编写它的程序员太烂了。这样的世界，毁了又有什么值得可惜。

可当我抱着小来来，牵着他弱小的嫩手时，我只想让这一刻永远静止。

我后悔自己做过的，或者没有做的一切。

在最后的那几分钟，我脑海里出现的，却是遥远的那个夜晚，天桥上那个身穿军大衣的哥们儿。

他望着我和媳妇儿，像台自动答录机般循环播放着："1 月 4 日象限仪流星雨光临地球，不要错过……"

没有人会错过这一场盛大的下线仪式。

我逗着小来来，试图让他发笑，或者做出任何表情。突然，我看见他的眼中有什么东西在迅速扩大。

那是我背后的光。